특별하지
않은
특별함

특별하지
않은
특별함

펴 낸 날 2021년 7월 15일 초판 1쇄

지 은 이 이승석
펴 낸 이 박지민
책임편집 김그린
책임미술 롬디
그 림 이승석
마 케 팅 박종천, 박지환

펴 낸 곳 모모북스
서울특별시 동대문구 왕산로81, 203-1호(두산베어스 타워)
전화 010-5297-8303 팩스 02-6013-8303
등록번호 2019년 03월 21일 제2019-000010호
e-mail pj1419@naver.com

ISBN 979-11-90408-16-5 03800

특별하지 않은 특별함

보통이 주는 특별한 마음 선물

글·그림 이승석

모모북스

작가의 말

글을 쓰기 시작한 지 4년, 그림을 그리기 시작한지 3년. 어쩌다 보니 20대 초반을 지나 26살이 되었습니다. 무엇을 위해 이것을 시작했는지는 기억이 잘 나지 않습니다. 어렴풋하게 떠오르는 건, 술에 잔뜩 취해 느려지는 발걸음을 바라보며 자연스럽게 메모장을 켰던 것, 그리고 그 다음날 아픈 머리를 싸맨 채 자음과 모음이 가득한 메모장을 발견했던 것, 뭐 그런 겁니다.

4년간 글을 쓰면서 느낀 모든 것을 딱 한 문장으로 압축해서 말한다면, 저는 '참 별거 없구나' 이렇게 적을 거 같습니다. (몇 분도 안 돼서 고치겠지만요 하하) 원고지를 채워가는 일이 거창하게 느껴졌던 적도 많았고, 글이 써지지 않아 끝도 없는 좌절을 맛본 적도 있었습니다. 누군가 툭 건드리기만 해도 말초신경이 반응하며 온갖 화를 낸 적도, 꼬깃꼬깃 새벽을 접어가며 작업하던 중 문득 '이걸 왜 하고 있는 거지?' 라는 생각에서 빠져나오지 못한 적도 있었습니다. 하지만 그 시간 동안 누군가를 사랑하기도, 누군가를 떠나보내기도, 무언가에 심취하기도, 어딘가에서 떨어져 보기도 했죠.

왜 별거 없다고 말할 거 같냐면, 아직 저도 잘 모르겠습니다. 그냥 그런 것 같아요. 하지만 별거 없다고 아무것도 아닌 건 아니에요. 이렇게 두리뭉실하게 말하면 곤란해지겠지만, 어쩌겠어요. 그게 삶인데. 많이 부족한 저이지만, 제 '끄적임'을 차곡차곡 쌓아봤습니다. 누군가에게 버스를 타고 창밖을 보다가 문득 생각이 날 수도 있는 페이지, 문장, 그림, 그런 것들을 담은 책이 됐으면 하는 바람입니다.

제가 그동안 무엇을 느꼈냐면요, 그게 말이죠…

목차

1장

안녕, 나는 아직도 글쟁이야.

2장

나는 이렇게 버텨가고 있는 거 같아.

3장

그러게, 뭐라고 말을 해야 할까.

1장

안녕,
나는
아직도
글쟁이야.

참 별거 없지?,
뭐 어쩌겠어. 살아는 가야지

참 별거 없지?

뭐 어쩌겠어. 살아는 가야지.

여하튼 나는 작가로 살아가고 있고,
이렇게 삶을 알아가고 있어.

안녕, k. 나는 아직도 글쟁이야. 일기 같은 편지를 이렇게 적고 있어. 소식은 들었어. 취업도 하고 연애도 잘 하고 있다며. 너가 그렇게 말하던 평범이라는 것, 그걸 구축해 낸 거 같아.

오랜만에 편지를 쓰려고 하니까 무슨 말을 해야 할지 모르겠네. 일단 내 이야기 좀 해볼게. 안 그러면 이 편지 다 못 채울 거 같아, 하하. 우선 보고 싶어. 좀 많이.

그래, k. 있잖아, 나도 너희처럼 세로로 삶을 그어가고 있다고 생각했었어. 근데 나는 아니더라, 다른 사람들이 세로로 삶을 그어가고 있을 때, 그걸 가로로 관통하는, 아니, 관통해야 하는 삶을 살고 있더라고. 조금 슬펐어. 나는 너희들이 아닌데, 그걸 어떻게 파악하고 관통하고 그러겠어. 나는 그냥 나일 뿐인데. 그런데 동시에 조금 살짝 뿌듯하기도 했어. 뭔가 예술가 같은 게 된 거 같았거든. 예술가... 이건 좀 오글거린다 취소.

K, 나는 엊그제 아침 8시 반에 마스크를 끼고 러닝을 하기 위해 나왔어. 엘리베이터에 회사원 한 분이 탔어. 포마드로 깔끔하게 정리한 머리, 수염 한 가닥도 보이지 않는 턱선, 반짝거리는 구두와 주름이 선명하게 잡힌 정장, 조금은 진한 향수 냄새.

나는 괜히 엘리베이터 손잡이 쪽으로 비스듬히 몸을 기울였어. 그런데 운동화에 작은 구멍이 나서 그 사이로 내 양말 색깔이 보이는 거야. 이게 뭐야. 심지어 양말에도 구멍이 나서 내 발가락의 피부가 살짝씩 보여. 엄지발가락을 최대한 구부려서 숨겼어. 발가락에 쥐가 날 거 같아. 곁눈질해서 본 거울 속 내 다크서클은 또 왜 이렇게 깊은 건지,

머리는 왜 이렇게 뜬 건지. 잘못된 건 아니지. 나도 이렇게 된 이유가 다 있어. 이유가 없지 않아. 이유가 없는 건 아니야.

이 기분이 뭘까 싶었어. 되게 복합적인 기분이었거든. 일면식도 없는 이 회사원을 붙잡고 '나 작가야. 나 작가라고. 다 이유가 있어. 밤샘 작업하고 내가 얼마나 열심히 했는지 알아?'라고 말하고 싶다는 생각이 들었어.

아직도 그렇게 특별해지고 싶은 건가.
아니면 특별하다고 생각하는 건가.

9층에서 1층까지 뭐가 이렇게 오래 걸리는지. 1층 문이 열리자마자 뛰쳐나갔어. 그냥 뛰었어. 어디를 향해 가는 것도 없이 그냥 한없이 뛰었어.

지하철역까지 가서 숨을 한 번 고르고 다시 작업실을 향해 뛰기 시작했어. 출근하는 수십명의 사람들이 내 쪽을 향해 걷고 있어. 나는 그 사람들과 반대 방향으로 뛰고 있어. 그들은 어디를 향해 가는 걸까. 그리고 나는 어디로 가는 걸까. 그들은 다 함께 어딘가로 가는 거 같은데 나는 혼자네.

그래도 k, 가끔씩은 있잖아. 너희들이 그어가고 있는 세로랑 내가 관통하고 있는 가로가 겹쳐질 때가 있어. 너무 추상적이어서 표현하기가 좀 어려운데. 말해보자면, 어떠한 알맹이를 향해 가고 있다고나 할까?

참 별거 없지?

별거 없어 참. 내가 아무것도 아니어서는 아니지만 그렇다고 대단하다고 생각하지도 않는 내 삶. 그냥 그 정도야.

미지의 누군가라고 하지만
살갗이 느껴질 정도로 가깝게 느껴진다.
묵묵하게 자신을 마주하려고 나아간다는 거
거기서 뿜어져서 나오는 수많은 숨
나는 느낄 수 있어.
그리고 느낀 만큼, 닿은 만큼
나도 전해줄게.

묵묵히 열심히 살아주는 거
그만한 위로가 또 있을까
나에게 건네주지는 않았겠지만
닮은 만큼 열심히
살아줘야 해.
나 자신을 위해서
그리고 미지의 누군가를
위해서

작업.. 작업.. 작업..

2월 8일

지금 내 감정이 뭐지. 아무것도 없는데 나는.

아냐 다시.

텅 빈 원고 앞에서 한숨 한 번. 이걸 4년을 했어. 으엑, 지겹지도 않고 지독하다 지독해. 내가 무슨 말을 했었지. 무슨 이야기를 나눴었지. 무엇을 봤었지. 무엇을 느꼈었지. 끝없는 기억의 되새김질, 그리고 그 알맹이에 살을 붙이는 작업, 이런 것에 희열을 느끼는 나도 변태 같아.

'주구장창'

이 단어 하나 쓰고 2시간이 지났어. '작가님 원고 잘 되고 있나요?' 뭐라고 대답해야 하지. 아. 이 이야기에서 풀어가 볼까. 나도 다르지 않아서 거짓말 같은 게 끌리는 거 같아. 이건 아냐. 다시 스페이스 바 두 번. 내 말투가 어땠지,

나를 보여줄까. 근데 나는 나를 늘 보여주고 있었는데.

쓸데없이 인스타그램만 넘기고 있어. #글 #셀카 #?? 이거 써볼까? 그러니까 내 말 들어봐. 갈증만 나. 꿀꺽꿀꺽. 4시간 지났네. 이게 뭐야 진짜. 머리야 제발. 제발 굴러가라.

지금 내 감정이 뭐지. 아무것도 없는데 나는. 아냐 다시.

'2월 8일 원고지 안에 갇혔어.'

난 뭘 느끼고 있는 걸까 요즘. 만들어내고 있는 건 아닐까. 근데 만들어내지 않으면 이 일을 어떻게 유지해. 관성이야, 어쩔 수 없지 뭐. 다시.

2월 8일, 안경에 김이 껴서 눈을 감고 걸었어. 싹둑. 머리를 조금 잘랐어. 분명 숱만 친다고 했는데 바람이 숭 느껴져. 그때 그 애는 내가 머리를 잘못 자르면 사랑스러운 눈빛으로 웃으면서 셀카 찍자고 했는데. 그 사진 지웠나.

지웠겠지 뭐. 영감이라는 건 뭘까. 나는 뭘 더 느끼고 싶은 걸까. 펜 어디 뒀더라. 이제 적을 수 있겠다.

2월 8일

주구장창 그림만 그렸다.

그런 하루가 필요하다고 생각했다.

너무 과도한 의미부여는
본연의 가치를 지울 수 있어.
너 자신이 의미로 가득 찬
사람이 되어야 해.
그래야지 너가 내리는
판단 자체가 가치가
될 수 있어.
...

여전히 모르지만
짊어질 게 생겨서
중심을 잡아야만
살아갈 수 있게 된 것.
굳이 말하자면 의미는
그런 거랑 제일 비슷할 거 같아.

‘꽃을 보고 그냥 지나치기에는

네가 너무 예쁘다는 생각이 들었어.’

내가 아닌 것들을 지키려고 했던 20대의 마음은 뭐였을까?

비는 그칠 생각이 없나 봐.

그때는 왜 그랬을까 싶어.

나에게 모든 것들이 다가와 주기를 바랐던 거 같아. 가만히 있어도 빛이 나고 내가 중심이 되는, 뭐 그런 거 말이야. 아니면 모두가 나와 닮아있었으면 하는 기대를 품고 있었어.

그런데 기대는 무슨. 내가 가서 어떻게든 낑겨 어울리려고, 그들의 색, 온도, 무게, 그 모든 것에 젖어 들려고 나대고 다녔어. 더 웃긴 건 있잖아. 그때도 알고 있었어. 이 모든 게 다 그냥 없어질 거라는 걸. 알고는 있었지만 뭐랄까, 그 허무함보다 더 무서운 게 나를 감싸고 있었다고 해야 하나.

결국, 다 그냥 지나갔어. 사라졌다는 표현이 더 정확하겠다. 왜 그런 모든 것들 속에 들어가려고 발악했는지. 부끄러워.

그때는 왜 그랬는지.

몰라. 사랑받고 싶었나 보지 뭐.

사 랑 받 고 싶 었 나 보 지 뭐.

비가 그칠 생각이 없네. 항상 버스를 타고 창밖을 보면 별생각이 다 든다니까. 나는 여전해. 빛나고 싶은 마음은 가득하지만 어딘가에 비집고 들어가려고 내 몸에 칠해진 색을 지우기 바빠.

창문에 빗방울이 천천히 떨어지고 있어. 엄지를 창문에 대고 떨어지는 속도에 맞게 꾹 누르면서 내려가고 있어.

사랑받고 싶나 보지 뭐.

말해주지 않는 부분은 어차피 모를 수밖에 없는 거 아니야?
그건 기다려주면 돼.

넌 좋아하는 말 있어?

그건 외로움과 겹쳐지는 느낌일 것 같아.
외로움 그 자체이거나, 외로움을 살짝 가려주거나.

내가 좋아하는 말이라. 그런 게 있기는 했나. 역시 아무것도 아닌 것도 물어보면 곱씹게 돼. 생각을 넘어서 사유하게 된다니까. 좋아한다는 것부터 정의를 해야 할까, 아니면 그 '말'이라는 것에서부터 범위를 좁혀야 할까. 항상 되짚으면서 끄집어내는 건 어려워.

내가 어떤 말을 주로 했었지.

근데 자주 말한다고 그게 울림이 있었다던가 설렜던 건 아닌 거 같아. 더 생각해보니까 난 사람도 잘 안 만나고 말도 잘 안 하는데, 내가 좋아하는 말이 있을 수가 있나. 어쩌면, 나는 그래서 글을 쓰는지도 모르겠어. '말' 같은 걸 가끔은 토해내야 하는데, 그게 어려워서, 그걸 너무 힘들어해서, 끄적이면서 매스꺼움을 해소하는 거 같아.

조금 다른 이야기인데, 다들 물어보면 그러는 것 같아.

"친구가 별로 없어요" "잘 만나지를 않아서" "외롭죠 뭐"

그러면 sns에서 내가 봤던 건 뭐지. 쉽게 생각해야 하는 걸까. 어차피 사람은 모르는 거니까. 외롭지만 외롭게 보이기는 싫고, 외롭게 보이고는 싶은데 외롭기는 싫고.

다들 이해하잖아? 그러고 보면, 좋아하는 '말'이라는 건 외로움과 겹쳐지는 느낌일 거 같아. 외로움 그 자체이거나, 외로움을 살짝 가려주거나.

그래서 내가 좋아하는 말은

"아무렴, 너랑 나 사이에"

"거뜬하지, 당연히"

"어디야? 보고싶어"

"덕분에 행복해"

벌써 4월이네
이런 거 볼 때 그러는 거 아니야
마자 마자
소원 빌자
사랑해
나도

누군가의 삶을 듣고

나와 다름을 느끼고

고개를 돌려서

전혀 상관없는 풍경을 의미 없이 쳐다보고

또 다시 눈을 마주치고

이해하기 시작한다.

광화문 돌담길

근데 막상 주워 담으려고 노력해보면
마음에 잘 담기지가 않아.

돌담길을 걷고 있어. mokyo의 dumb이라는 곡을 들으면서. 볼륨을 두 개 더 키웠어. 패딩 밖으로 손가락 두 개 정도를 빼서 오돌오돌 나와 있는 벽의 균열을 느끼면서 걷고 있어. 최대한 천천히, 뒤꿈치부터 발가락까지 바닥에 닿는 느낌을 온전히 받아들이면서 말이야.

크게 두 발자국만 옆으로 가면 차도야. 차들은 항상 바빠 보여. 어디로부터 와서 어디로 가는 걸까. 누가 창문을 살짝 내리고 담배 연기를 내뱉고 있어. 담배는 몸에 나쁘지만 이런 풍경으로 연기를 바라보면 어울려 보일 때가 있어.

난 오늘 뭐했지. 일어나서 운동장을 뛰었고, 집 와서 할머니가 좋아하는 닭볶음탕을 했고, 몇 단어 적어놨던 것에 온점을 찍었어. 그리고 읽다가 지루해서 덮어놨던 책을 다시 꺼냈어. 읽었던 페이지 마지막 문장이 되게 인상적이었는데 기억이 잘 나지 않아. 돌담길 끝까지 걸으면 나한테 무엇이 남을까. 이어폰으로 알림 소리가 들렸지만, 핸드폰을 꺼내지 않았어. 복잡하고 많은 생각들 때문에 뭔가를 잊고 살고 있는 건 아닌가 싶어. 근데 막상 주워 담으려고 노력해보면 마음에 잘 담기지가 않아.

원래 무거운 것들은 그렇다잖아. 그냥 그렇게 생각해버리면 편하지 뭐, 뭐가 무거워, 생각에 무게가 어딨어. 가슴 한 켠으로 저릿한 감정이 몽글몽글 퍼져가는 거 같아. 지금 누군가한테 전화가 온다면 나는 무슨 말을 할까. 굴하지 않고 돌담길을 걷고 있는 지금의 나를 풀어줄 거야.

삶의 변두리 주변에
덕지덕지 붙어 있는 질문에
괜히 의미부여도 해봤지만
혼잣말로 입에나 물었지
그 무엇도 마음속에
담기지 않았다.

끝나가는 것들
다가오는 것들
그 사이에서 우리는
말하지 못하는 것들을 품는다.

뻔하게 미지근한 것들에서부터

할머니는 전화를 해야 할 때면 요금 나간다고 걸자마자 끊어. 그리고 상대방이 전화할 때까지 기다려. 음. 얼마 전에 무인반납기에 책을 넣으려고 하는데 껴놓았던 포스트잇을 발견했어. 근데 발견했을 때는 이미 늦은 상태였어.

이게 뭐냐고? 내 메모장을 읽어봤어. 내가 이상한 건지, 이게 맞는 건지 모르겠지만 이렇게 살아가고 있어. 감각을 세워놓고 지내는 편인 거 같아. 같은 나뭇잎이어도 내가 다르게 느끼면 다른 거잖아. 그러고 보면 내 글들은 다 특이한 것에서 나온 게 아닌 거 같아. 비슷하고 뻔하게 미지근한 거, 그로부터 시작되는 거 같아.

...
우리는 미지근한 것들에서
곱씹을 것들을 만들어
내는 거야.

나는 너 그림 보면 엉켜있는 문장이 풀리는 기분이야.
너 글 읽으면 눈을 감아도 그리고 싶은 게 떠올라.

담겨있는 고뇌와
느끼는 감정
다를 수는 있지만
연결되어 있어.

한 번 더 확인하고 나가지 그래?
응? 나 다 챙겼는데
그래도 한 번 더 봐봐 뭐든지 한 번 더 봐야지 알 수 있는 거야.

동그라미 세 번, 별표까지

여행 가려고 지금 버스를 딱 탔는데 양말의 엄지발가락 쪽이 살짝 젖어 있는 게 느껴져. 왜 하필 지금인지, 시작부터 기분이 반은 상하고 시작되는 것 같아. 나는 블루투스 이어폰을 쓰지 않아. 그냥 남들 다 하니까 사봤었는데, 이유가 없었어. 이걸 산 나만의 이유가. 그래서 사고 며칠도 안 돼서 중고로 팔았어.

이어폰 선이 오늘따라 더 엉켜있어. 시작점을 찾아야 해, 그리고 거기서부터 쭉 밀고 나아가야 해. 그래야지 풀려, 괜히 아닌가 해서 다른 방향으로 틀면 처음부터 다시 풀어야 해. 이게 뭐라고 이렇게 진지하게 말하는지 나도 참.

아까 차에 타기 전, 그보다 더 전에 집에서 나올 때 친구가 나한테 그랬는데. 가방 다시 한번 확인하라고. 그래서 한 번 더 확인하고 나왔어. 친구 말대로 내가 잘 한 건지는 모르겠는데, 실수로 두고 온 걸 챙긴 게 아니라 가방 안에서 하나를 덜었어. 좀 이따 물어봐야겠다. 나한테 확인하라는 게 어떤 의미였냐고. 뭐 시시한 말이나 하겠지, 욕을

섞어 가며. 노트를 폈어. 버스가 흔들려서 글씨가 삐뚤삐뚤하게 써져. 단어 하나를 적고 동그라미를 세 번이나 쳤어. 별표까지 했어.

마음이 앞서서

조금씩 더 사랑하고 있어.

나의 하루는 가득 차면서도

텅 비기도 해.

무너지는 실수를 쉽게 용서하고

모른 척하기도 해.

맴돌면서 겪지 못했던 것들로 가득 채우고

너무 빠르게 뛰어서

눈물이 나기도 하고.

이유 모를 것들에 행복을 느껴.

산다는 게 막상 뱉어내고 보면
별 것도 아닌데, 너무 많은 것들이
삶을 현학적으로 꾸며내고
그 안에서 나는 뒤틀리고 엉키기만 하고.
이 모든 것들을 잡생각이라고 뭉쳐버리고
꾸역 꾸역 버텨온 새벽들,
나 이제 그 모든 것들을
봐주려고.

항상 우리는 그 '뭔가'를 모르지

나는 뭐가 되고 싶었을까. 지금은 뭐가 된 걸까.

안대가 어디 갔지. 오늘도 안대를 어디에 둔 지 까먹고 이러고 있어. 이 정도로 잘 까먹는 걸 보면 뇌에 문제가 있는 거야, 분명히. 한숨 한 번 깊게 내뱉고 그냥 누웠어. 못 찾았다는 핑계로 괜히 유튜브나 켰어.

방안 검은색 배경으로 핸드폰 불빛이 모든 것을 비춰. 다 봤던 것들이고 재미도 없는데 굳이 뭘 더 찾아내겠다고 스크롤을 내리고 있는지. 분명히 웃긴 영상인데 웃지 않고 있어. 유튜브에서 관객들이 폭소하는 장면이 나왔어. 안대 찾고 있었는데 이러고 있네. 차라리 그냥 웃으면 몰라도 이게 뭐하는 건지.

원래 전혀 상관도 없는 것을 핑계와 변명의 관계로 연결해서 멍하니 늘어뜨리는 게 사람이잖아. 나도 사람이니까, 이 정도는 괜찮지 뭐.

핸드폰을 비행기 모드로 해놓고 눈을 감았어. 그러지 않으면 잠에 못 들고 무표정으로 쓸데없는 것들에게 내 모든 생각을 빼앗길 거 같았거든. 거울을 보지 않았지만, 눈이 충혈됐을 것 같아서 손을 비벼 약간의 온기를 만들고 감은 눈 위에 올렸어. 그리고 눈을 감은 상태에서 더 질끈 감았어. 눈물이 조금 흐르는 것 같아.

안대를 결국 하지 못했어. 아무리 암막 커튼을 쳐도 조금만 시간이 지나면 암흑 속에서 어두운 불빛들이 느껴져. 눈을 감았는데도 스멀스멀 느껴져. 잠들기에는 글렀어.

난 이렇게 살고 있어. 안대를 못 찾아서 유튜브를 보는, 그런 삶을 살고 있어. 그리고 오늘도 의미를 잃어버렸다는 죄책감에 이 새벽의 중심에서 잠들지 못하고 있어. 눈을 뜨고 껌뻑껌뻑 천장을 바라보면 평소에 느끼지도 못했던 감정들이 파도처럼 몰려와. 사랑했던 것들, 미워했던 것들, 다 어디로 가버린 걸까. 뭔가를 해야 하는데 그러지 못할 때마다 항상 많은 생각들에 스며드는 거 같아. 근데 항상 그 '뭔가'를 모르지. 들숨과 날숨에 집중하고 있어. 나는 뭐가 되고 싶었을까. 지금은 뭐가 된 걸까.

그냥 화나는 일이 있어서
화를 냈는데, 그게
내 열등감이라고 하면서
측은하게 바라보더라..

좋아하지 않는 것도 잘해야 할 때가 있어 우리는 늘 그게 오지 않기를 바라지만
~~잘하고 와~~
~~잘하고 있어~~
끝나고 고기 사줄게

소고기는 오바잖아 k.

너가 가진 상처에
자꾸 설득력을 부여하지 마
흘러간 것들은 흘러간대로
놔두자. 너한테 그것들이 왔었다던
그 중심에 너가 있었던건 아니니까.

당 연 하 지 않 거 든.

K, 나는 내가 되게 특별한 사람인 줄 알았는데, 몇 초만 참고 보면 부끄러운 것들뿐이더라.

아무것도 아닌 것들로 내가 유난을 떨어서 그런 게 아니라, 나한테는 이게 너무 당연한 거였거든. 뭐라고 말해야 할까. 나는 작가여서, 글을 쓰고 책을 내고 있어. 너무 당연한 거야. 밥을 먹으려고 요리를 하고, 잠을 자려고 이불을 펴는 거랑 다를 게 하나도 없어. 그런데 나는 스스로 그 당연함을 부정하고 싶었던 것 같아. 그게 부정당해야 내가 마치 역경을 뚫고 모두가 반대하는 상황 속에서도 나를 믿고 나아가는, 뭐 그런 특별한 일을 하고 있는 빛나는 사람이 되는 것 같았거든. 그런데 진짜 부정당했으면 내가 글을 썼을까? 작가여서 글을 쓰는 당연함이 부정당하면 나는 글을 쓰지 않았을 것 같아. 왜냐고?

'당 연 하 지 않 거 든.'

나는 아직 설익어서 당연한 거라고 생각하기 시작하면 자꾸 내가 아무것도 아닌 거라고 생각하게 돼. 뭐가 중간점이고, 그 중간점에서 뭐가 꽃피우고… 그런 되게 고지식해 보이는 말들이 귀에 들어오기 시작하지만 슬프게만 들려.

마자. 결국에는 너가 말한
그 방향으로 나아가야지
근데 내가 하고 싶은 말은
그 전에 우리는 필수적으로
뭔가를 희생해야
한다는 거지

한 발자국 물러서서

책을 읽을 때마다 어떻게 이렇게 글을 잘 쓰는 사람이 많은지, 내가 쓴 원고는 쳐다도 보기 싫어질 때가 많아. 어떤 부분에 감정을 조금만 더 풀어볼까 싶으면 지저분해 보여. 그렇다고 힘을 빼고 쓰면 이건 무슨 작가라고 하기도 부끄러운 정도야.

그래서 나는 한 발자국 물러서서 글을 바라보면서 내가 느끼는 것들을 적기 시작했어. 감정에서 벗어나 또 다른 감정을 양산해내는 일을 하고 있는 거지. 이렇게 하면 신기하게도 초기의 감정에 다시 몰입할 수 있게 되더라고. 평범한 단어와 문장으로 삶이란 것을 겉돌고 멈추게 할 수 있는, 그런 것들을 찾아내려고 노력하고 있어.

그래서 지금 나는 글에 대한 집착을 내려 놓고 있는 중이야. 의미가 무엇인지에 대해서 다시 고찰하고 있는 단계거든. 작가인 내가 이러면, 결국 그런 글이 나오겠지? 조금 더 솔직하고 담백해지고 싶어. 왼손은 키패드에 가볍게 올려놓고 오른손으로 턱을 괴고 있어. 흰색 바탕에 많은 글자가 보여. 노트북 모서리 부분에 시선을 고정한 채 멍하게 있어. 글자들이 조금씩 흐릿하게 보여.

전할 말 있어?
답이 없는 질문은 꽤 많을 거라고. 그러니까 답이 없다고 초조해하지 말고 질문 자체를 품고 버티면서 나아가라고 말해줘

싱겁긴.. 나도 고마워
웃어줘서 고마워

살면서 울어줘서 고맙다는 말을

언제 또 하게 될까.

진심은 늘 싱겁지만

진심이어서 포근하다.

'할 말'

K, 나도 하고 싶은 말이 없을 때가 있어.

하고 싶은 말은 항상 없었어. 그런데 그러다 보면, 문장은 아니지만 가슴 깊은 곳에서 눅눅하게 젖어 있는 무언가가 올라오는 것 같아. 나는 그걸 '할 말'이라고 칭했던 적이 있어. 자음과 모음으로 만들어낼 수 없는 나만의 '할 말'. 어쩌면 그건 '말'이 아닐 수도 있겠다.

그래서 나는 오히려 더 좋아. 정말 나만의 무언가가 생긴 것 같은 기분이 들거든. 남들이 따라하거나 가질 수 없는 오롯한 나만의 것. 나는 그것을 매우 귀중하게 다뤄왔어. 소중하게 대하는 방법이 무엇인지도 이를 통해 알게 된 것 같기도 해. 쉽게 뱉어내도 안 되고 잊거나 잃어버려서도 안 되는... 그러다 보니까 사람이 순수함이라는 게 생기더라.

어느 순간에는 그 '할 말'이 나의 중심이 되어 있더라고. 그게 있었기 때문에 외롭지 않은 적도 있었어. 하지만 단한 번도 그 '할 말'이 무엇인지에 대해서 스스로 답을 내리거나 들여다보지는 않았다. 어떤 것들은 모르는 채로 놔둬도 괜찮더라고,

K, 혹시 너도 그런 게 있니?

여기에 있지만

여기에 없을 수 있어.

어딘가에는 있어.

우리는 그걸 인지해야 해.

솜! 솜! 솜!

–솜! 솜! 솜!

작가가 되고 좋은 건 어디를 가도 주목을 받을 수 있다는 거야. 그러면 내가 주인공이 된 것 같은 착각에 빠져. 안 좋은 점은 어디를 가도 삼행시를 시킨다는 거야. 그런데 지금은 최악이야. 내가 좋아하는 누나가 앞에 있는데 삼행시라니. 여기서 어떻게 해야 할지 뇌의 회로가 끊어졌어. 화장솜이 뭐야. 화장솜으로 어떻게 삼행시를 해야 해?

– 아 이승석, 여기까지 인가요? 솜! 솜!

– 솜? 잠깐만, 솜! 그래, 솜!

– 마지막이야, 솜!

– 솜… 솜털까지도 예뻐요, 누나.

내가 방금 무슨 말을 한 거지. 갑자기 정적이 흘렀어. 다들 입꼬리는 올라가고 눈치를 보고 있어. 나는 눈을 반쯤 감고 살짝 실눈을 떠서 누나부터 바라봤어. 누나의 눈을 쳐다보지는 못하겠고 입꼬리만 바라봤어. 모르겠지, 절대 모르겠지. 내가 누나를 좋아하고 있다는 걸.

–뭐야 이승석, 누군데?

–여기 있어? 누구냐고.

–말해봐

–뭘 말해봐. 아냐. 그냥, 그냥 생각나는 단어가 없어서.

–그러면 뒤에 누나는 뭔데?

–그냥 맥락, 맥락. 이 자식아. 넘어가 빨리.

어쩌면 꽤 오랫동안 누나를 봐왔던 거 같아. 사랑은 늘 시시한 거라고 말하면서도 사랑이 찾아오면 최선을 다하는 사람이었어. 그리고 사람에게 기대하지는 않지만, 의지할 줄 아는 것 같아. 주는 사랑에 만족하고 자기 스스로를 더 사랑해서 존재 자체로 누군가가 행복함을 느끼게 해주는 멋진 사람이야. 그리고, 누나는 정말 예뻐. 정말로 솜털도 예쁜 거 같아. 누나의 솜털, 속쌍꺼풀, 잔머리, 그런 것들에도 내 우주가 멈추고 세상이 흔들려. 시를 적어 꼬깃꼬깃 접어서 가방에 넣었다가 그대로 돌아오고, 다시 시를 쓰고, 다시 집어넣고...

불현듯, 너를 사랑하려고 태어난 건가
이런 생각이 들었고 들키고 싶지 않은 진심
이라는 게 생겨버렸다.

#내가 #걸어온 #공간

일주일 만에 책상을 정리하고 있어. 물감에 젖었던 드로잉 노트가 빳빳하게 모양을 유지하고 있어. 할 때는 모르지만, 이렇게 시간이 조금 지나서 책상을 바라보면 새삼, 그래도 열심히 했구나, 뭐 그런 걸 느끼는 것 같아.

노트들이 사선의 모양을 이루면서 겹겹이 쌓여있고, 읽다 만 소설책들이 너저분하게 자리를 차지하고 있어. 몇 권의 소설들 사이사이로 내가 붙여놨던 포스트잇이 그 페이지를 꼭 다시 봐달라는 것 같아. 그래서 펼쳐서 보면 별거 없어. 역시 모든 감정은 '그때'가 만들어내는 거야. 그때 어떤 상황에서 포스트잇을 붙여놨는지 골똘히 생각해봤지만 생각나지 않아. 뭐 다 '그때'니까.

정리하다 말고 의자를 뒤로 젖히고 엉덩이를 뒤로 쭉 뺐어. 손가락으로 직사각형 모양을 만들고 그 틀 안으로 책상을 바라보고 있어. 조명 각도도 제대로 조절해서 다시 한번 바라보는 중이야.

진짜 작가가 된 것 같다는 기분이 드네. 살짝 울컥한 감정이 들면서 냉장고에 술이 있었나, 이 생각이 떠올랐어. 노트북 한글 파일이 아니라 종이 줄 노트를 아무렇게나 펼쳤어. 뭐라고 적어야 할 것 같았는데 잘 떠오르지 않네.

일단은 '내가 살아온 공간'이라고 적었어. 그 페이지를 일부러 표시해두지 않았다. 나중에라도 우연히 무심코 펼쳤을 때 발견하면 좋겠다는 심정으로 말이야.

다시 의자를 뒤로 쭉 빼서 바라보고 있어. 입김을 불어 핸드폰 카메라 렌즈를 옷에 대충 닦고 사진을 여러 장 찍었어. 인스타그램을 열고 글 계정이 아닌 일상계정으로 들어갔어. 많이 봐주지 않아서 이 공간(일상계정)에 더 솔직해지는 것 같기도 해.

#내가
#걸어온
#공간

'살아온'보다 '걸어온'이 더 적합한 것 같아. 조금 더 끄적여서 게시물을 완성하고 싶은 욕심이 드네. 어디를 걸어왔고, 앞으로는 어디를 향해 걸어갈 건지, 그런 내용으로.

히사이시 조의 '어느 여름날'을 틀고 문장을 고민하니까 몽실몽실한 많은 것들이 떠올라. 천장만 바라보면서 의자를 몇 바퀴 돌리고 있어. 더 좋은 문장을 쓰려고 노력하면, 순수하게 이 작업실 책상을 바라보며 느꼈던 것들이 사라질 것 같아.

누군가가 내 이름을 불러주면 좋겠다는 생각이 왜 자꾸 드는 걸까. 아무 말도 해주지 않아도 되니까 그냥 내 이름을 불러주면 좋겠어. 물론 이름이 불린 뒤에 무슨 말을 해야 할지는 모르겠지만 말이야.

책상을 마저 다 치우고 정리가 끝났어. 알게 모르게 존재했던 흔적을 다시 한번 확인했어. 다음에도 또 모아서 치워야겠다. 핑계가 아니라 정말 그게 좋을 거 같다.

존재에 대한 사유를
품고 살아간다. 흐릿하지만
나는 나로 살아가고 있고
다듬어지는 흐름 안에서 나를 그려간다

명상해
지금의 너가 마음에 들어야 해.
그게 행복에 가장 가까운 거야

나는 무엇을 느끼고 있는 걸까.
무엇인가를 느껴는 봤을까.
온전히 느끼기도 전에
적어내야 한다는 욕망에
져주기만을 반복했던 건 아닐까.

넘칠 듯하지만 비어 있는 감정을
어설프게 까슬까슬한 것들로 둘렀다.

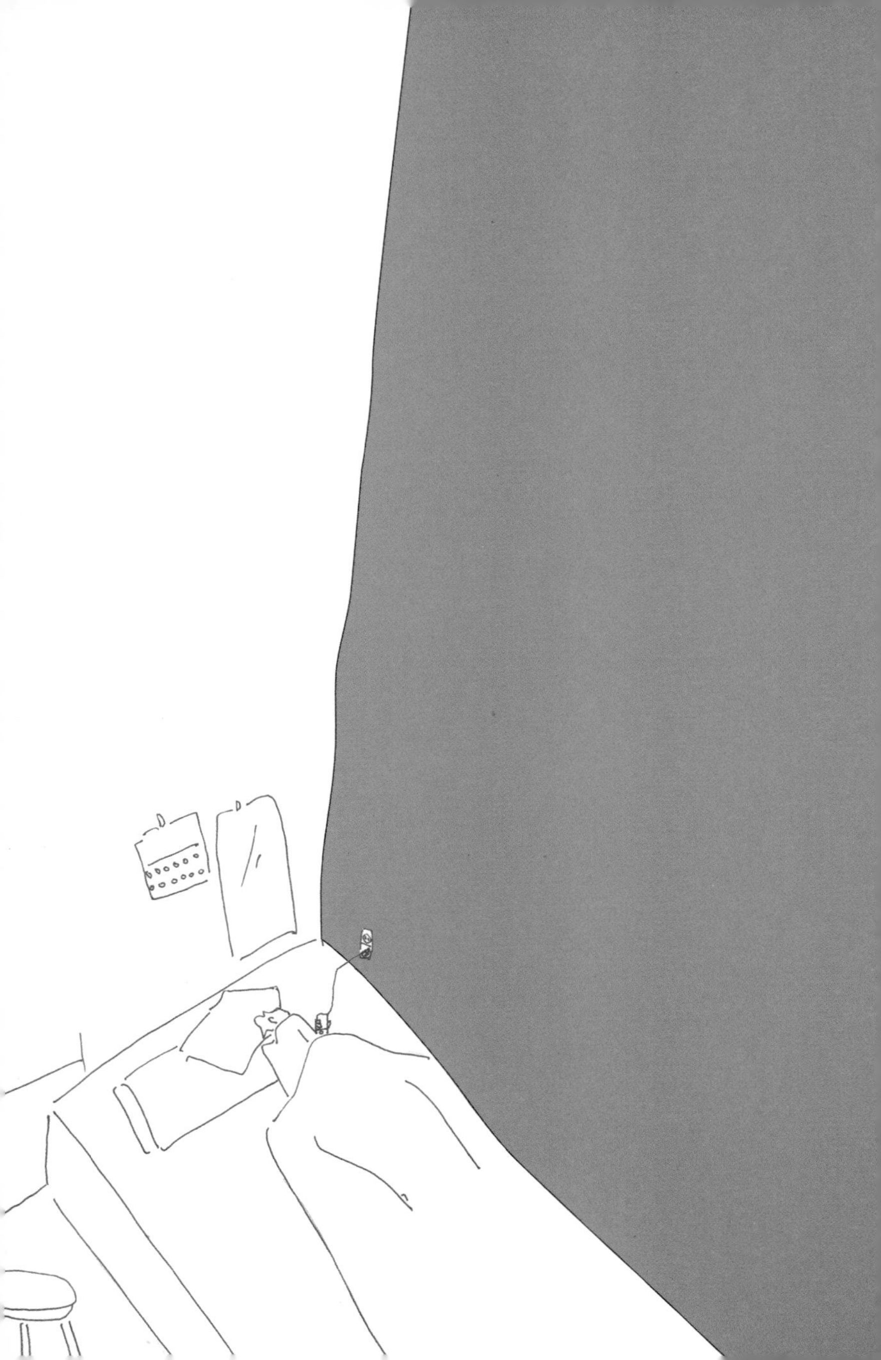

2장

나는
이렇게
버텨가고
있는 거
같아

유치하게 고집부리고
붙잡았던 건 예술이었는데
남은 건 간질간질. 그 속에서
붕떠버린 삶이 있어.
그냥 마음 좋게 산걸
그때가 나 자신을 더
사랑했던 거 같아.

소주는 역시 쓰다.

아, 나는 아직도 충분히 고집부리고 있구나.
그러고 있구나. 꽤 다행이야.

술만 들어가면 k는 쓸데없어 보이는 질문들을 망설임 없이 풀어버리는 습관이 있어. 싫지는 않아, 그런 대화에 갈증을 온종일 느끼니까. 그런 질문이 꼭 항상 있어야 하는 건 아니지만, 없으면 안 된다고 생각하거든. 그럴 때마다 소음은 지워지고 둘만 다른 세계에 온 듯한 기분이 들어.

하지만 나는 추상적이고 근원적인 질문에 항상 '어…', '그러니까…' '뭔지 알지?' 이런 말만 나와. 분명 끌어오기 전까지만 해도 손만 뻗으면 잡힐 것 같았는데 말로 하려고만 하면 이렇게 되는 것 같아. 그래서 술을 마시는 거겠지, 라고 생각해버리고 말아. 술이 좋은 건 말도 안 되는 대화가 오고 가도 완성될 수 있기 때문인 것 같아.

– 야 이승석, 넌 예술이 뭐라고 생각해?

– 어··· 뭐... 그거... 뭐 그냥... 그런... 뭔지 알지?

– 아아 뭔지 알지, 알지.

– 알 줄 알았어. 그거지.

– 난 너가 부러워.

– 왜?

– 넌 글자로 표현하고 읽어지잖아.

– 너는 무용으로 표현하고 받아들여지잖아.

– 그렇지? 그런 거겠지?

– 당연하지.

k는 소음에 맞춰 오른손을 두 번 부드럽게 휘저으면서 반대쪽 손끝을 바라봤어. 무슨 말을 꼭 해줘야 할 것 같은데. 할 말이 없네. k가 표현하려고 하는 것과 내가 써내려가는 건 어쩌면 다른 게 아닌 거 같아.

– k, 예술은···

– (손에 집중한 채 쳐다보지 않으면서) 말해.

– 붕 뜨지 않은, 아주 유치한 거야.

– (눈동자만 돌려 나를 바라보면서) 그게 뭔데?

– 그러게. 그게 뭘까.

예술에 관해서, 조금만 더 고집부리려고 해. 이 고집이 풀어지면 붕 떠버릴 것 같아서. 그러면 너무 정 없이 등 돌릴 것 같아. 심장이 간질간질해. 바지 주머니에 손을 넣고 핸드폰 전원버튼만 계속 누르고 있어. 메모장을 열어야 될 것 같아. 손톱들 옆으로 굳은살이 느껴져. 눈에 보이지 않는 상태로 만지니까 더 구체적으로 느껴지네.

아, 나는 아직도 충분히 고집부리고 있구나.

그러고 있구나. 꽤 다행이야. k는 이제 눈을 감고 손등에서 손끝까지 느껴지는 감각에 집중하는 듯해. 알바생은 마감을 준비하는지 팔을 걷고 물이 줄줄 흐르는 대걸레를 잡았어. 창문 밖에는 두세 명의 남자들이 담배를 태우며 어깨동무를 하고 몸을 휘면서 박장대소하고 있어. 전원 버튼을 반복해 누르는 것을 멈추고 손을 꺼내 술잔에 반쯤 채워진 소주를 마셨어. 소주는 역시 쓰다.

...
그런 건 없어지곤 그러지 않아.
더 소중한 걸 품어야지

'······'

온점을 정확하게 6번 눌렀다.

지하철만 타면 글 작업에 대한 열망이 불타오른다. 롱코트 끝부분을 모아 뒤로 넣는다. 그리고 엉덩이를 자리에 반쯤 걸친다. 노트북을 꺼내고 전원 버튼을 누른다. 로딩 중이 뜨면서 긴장감이 모공 속까지 느껴진다. 떠오르는 단어들을 조합해 얼핏 그려지는 첫 문장을 입 모양으로만 중얼거린다. 한글 파일을 열고 흰색 배경에 나를 담는다.

까먹었어. 생각이 나지가 않아. 그냥 아까 생각났을 때 메모장에 적어 놓을 걸. 어떻게 하루도 빼먹지 않고 매일 이럴까. 벌써 대림역이네. 지하철은 이런 나를 향한 배려는 하나도 없이 그저 나아가기만 한다. 이제 곧 내려야 하는데, 부랴부랴 급하게 사람들을 관찰해야 해. 가산디지털단지역이라는 알림이 들렸어. 덜컹거리는 소리, 회사에서 받은 스트레스를 풀고 있는 전화 소리. 앞에 보이는 6명 중 4명은 스마트폰에 들어갈 정도로 목을 쭉 빼서 보고 있네. 그 사이의 한 명은 다리를 꼬고 책을 보고 있어. 무슨 책일까.

하필 왜 지금 떠오르는지는 모르겠지만, 전에 만났던 그 애는 항상 지하철에 타 책을 꺼내면 내 어깨에 머리를 기대고 꼭 '스탠딩에그'의 노래를 튼 채 한쪽 이어폰을 나한테 꽂아줬는데. 나는 지금 너무 멀쩡해서 한 번 더 떠올리며 문장을 만들어내고 있다. 다시 노트북을 열었다. 첫 문장을 소리내지 않고 중얼거린다.

– 이번 역은 철산, 철산역입니다.

'……'

온점을 정확하게 6번 눌렀다. 나는 이렇게 썼다. 이 글은 나만 이해할 수 있을 것 같다. 혹시라도 서점에서 그 친구가 이 글을 보게 된다면 그 친구까지는 이해할 수 있겠다.

그래도 외롭지 않아?
그치. 근데 나 이제는 알아. 그게 얼마나 어설픈 모습인지 절대 그걸 핑계 삼아서 누군가의 삶 속에 덧없이 들어가지 않을거야.
어렵다. 어려워..

'잠시만요, 잠시만요.'

평소보다 조금 더 큰 목소리로 말하면서 사람들을 비집고 나왔다. 코트를 몇 번 세게 털고 뒤돌아서 책을 보던 반대편의 그 사람을 바라봤다. 문이 닫히고 지하철은 아무렇지도 않은 듯 빠르게 떠나갔다.

너라면 그 상황에서 뭐라고 말해줬을 거 같아?
나는… 음..
그냥 안아줬을 거 같아

나 얼마 전, 엄청 오랜만에 행복하다고 말했어.

- 좋은 일 있었어?

아니, 아무 일도 없었어. 그냥저냥 평범해.

- 그런데 그런 말을 할 정도면 다른 일이 있었던 거 아니야?

그냥 잘 살아온 거 같아서.

-안아줄까?

빨리와 좀!
원래 내려가는 게
더 힘든 거냐?
응. 그래서 어디를 올라왔었고
어디를 향해 내려가고
있는지, 그걸 알아야 해.
그러면 다치지 않고
천천히 힘들 수 있어.

천천히 힘들기

등산을 오면 꼭 이어폰을 빼게 되는 것 같아. 산에서는 아무런 소리가 없어도 뭔가를 듣고 있는 느낌이 들어. 살면서 내 호흡을 듣게 되는 순간이 얼마나 있을까. 등산이 그걸 가능하게 해주네. 의식적으로 눈을 깜빡이고 천천히 눈을 감았다가 떠. 모든 감각이 스며드는 기분이야. 청설모가 나뭇잎을 건드리는 소리, 거름 냄새, 나뭇가지 사이로 비추는 빛.

나는 지금 무슨 생각을 하고 있는 걸까?

항상 생각을 지우며 감각에 집중하다 보면 이런 쓸데없는 생각을 하는 버릇이 있어. 쓸데없는 건 아니지. 그런 질문을 가지기에 작가도 하면서 글을 끄적이고 있으니까. 그런데 지금은 쓸모가 없다. 삶에 더 가까워지고 있는 순간을 방해한 것이니 말이야.

– 야 이승석, 빨리 와.

빨리 가면 무슨 상이라도 주나. K가 거친 숨을 내뱉으면서 나를 보챈다. 저렇게 빨리 내려가면 다칠 것 같은데. 항상 산은 올라가는 것보다 내려가는 게 더 힘들어. 무게 중심을 뒤쪽으로 두고 발걸음 하나하나에 집중해야 해.

올라갈 때는 하지도 못했던 생각들을 지금 내려가면서 하고 있어. 참 신기해. 산이 이런저런 생각을 하게 만들어 준다는 게 말이야. 자연의 경외감은 이럴 때 느껴지는 것 같아.

나는 원고 작업을 하고 있으니 올라가는 중이라고 말할 수 있을 것 같아. 지금의 나는 정적인 상태의 연속이 아니야. 무언가를 양산해내고 있지. 그 안에 울림을 담고 있는 중이라고 나는 믿고 있어. 그리고 나름 담고 있는 그것이 보였으면 하는 바람이 마음 깊은 곳에 있어. 안 보이면 어쩔 수 없지만. 아무튼, 나는 정해지지 않은 장소와 시간, 보이지도 않는 자욱한 곳을 향해 올라가고 있어.

산을 탈 때 내려가는 게 더 힘든 것처럼, 나도 항상 원고를 쓰는 것보다 완성 후 텅 비는 느낌과 함께 다시 무언가로 채워가야 하는 일상으로 돌아올 때가 더 힘들어. 이게 산을 내려가는 것과 유사한지는 잘 모르겠지만. 내 기준에서는 내려가는 일이야. 몇 년 전까지만 해도 원고를 끝내면 말로 설명할 수 없는 공허함만 남았었어.

하지만 그토록 힘들었던 이유는 가득했던 감정의 숨이 증발되며 남게 되는 공허함 때문만이 아니었어. 이제야 알게 됐지만 내려가고 있다는 걸 받아들이지 않으려고 무언가를 꽉 쥐고 놓지 않아서였던 것 같아. 힘들 수밖에 없는 과정을 힘들지 않으려고만 하니까 그럴 수밖에.

그래서 나는 천천히 힘들기를 택했어. 글을 완성한 후 내려가면서 내가 적었던 감정들의 흔적에 흠뻑 빠지기도 하고, 공허함과 허무함에서 허우적대기도 하고, 뭐 그렇게 말이야. 어디에서 어디로 내려가고 있다는 것과 힘들다는 것을 온전히 느끼면서 천천히 힘들기를 선택한 거야.

우리, 저기 정자에서 좀 쉬었다 가자. 물 줘봐, 빨리.

나의 친구는 내려가다가 지쳤어. 나는 정자에 앉아 가장 뭉툭한 돌을 손에 쥐었다. 듬성듬성 묻어 있는 흙을 조심스럽게 털어내고 정자 모서리 바닥에 그 돌을 고정했어. 촉촉해 보이는 흙을 한 움큼 잡아서 돌 주위에 둘렀어. 다음에도 이 산에 오게 되면 꼭 이 돌을 기억할 생각이야. 어떤 의미인지는 나도 잘 모르겠네. 하지만 의미야 내가 이 산을 여러 번 오게 되면 천천히 쌓이게 되지 않을까 싶어. 부디 또 다시 하산할 때, 이 돌이 기억났으면 좋겠어.

J, 얼른 와. 다들 너 기다려.

내가 너무 대견해! 잘 버텨왔어.
멋져!! 잘했어 잘했어~
고마워 ㅠㅠ
축하해! 너가 이룬 거야 올해는 너 거였어!
너무 고생많았어! 너도, 나도 우리 다!!
올해는 두고두고 기억날 거 같아

검은색이라기에는 색이 없는 어둠

지금은 무엇을 써도 진심일 것 같아.

나를 담아내는 일, 그걸 해낼 거야.

예술가들 인터뷰를 찾아보는 게 습관이 됐어. 언제부터인지는 잘 모르겠네. 내가 이 세상에 혼자라는 생각이 강하게 들었을 때부터인 것 같아. 예술가라고 말해서 근사해 보이지만, 나와 비슷하게 '없는' 것에서 '있는' 것을 만들어내는 사람들로 생각하면 될 것 같아. 그런 사람들의 삶을 듣고 싶은 갈증을 느끼게 됐어. 사실 알고 보면 우리 모두가 그 활동, '없는 것'에서 '있는 것'을 만들어내는 것을 하고 있지 뭐. 하지만 중요한 건 '알고 보면'이야. 그게 중요한 거야. 그게 어려운 거고.

– 그럼 기안84씨는 이제 만화에 대해서 생각은 없으신 거예요?

– 제가 12년 했더라고요. 좀 많이 지쳤어요. 마감에 쫓겨 살아가면서 할 수 있는 것도 없고… 좀 쉬어야 할 것 같아요.

나는 꼭 이런 걸 보면 백세주 한 병과 구운 양파(과자 이름)를 사와. 술만 조금 들어가도 인터뷰에 나오는 내용 그 이상의 무언가가 나에게 들어오는 기분이 들거든. 스페이스바를 몇 번이나 누르며 화면을 멈춰 가면서 인터뷰하는 사람들의 표정을 확인해. 말보다 그런 것들이 더 와닿을 때가 많거든. 습관적으로 나오는 몸짓과 행동에 내 표정이 살짝씩 슬퍼져.

– 이제 끝이에요?

– 네, 끝이에요.

– 질문이 이게 다예요? 더 있잖아요.

– 하하 집에 가기 싫은가봐요?

– 아니, 그냥 오랜만에 사람 만나서… (웃음)

몰입해서 보다 보니 40분짜리 인터뷰 영상이 끝나가는 지도 몰랐어. 스페이스바를 누르고 커서를 아래로 내렸다. 괜히 섭섭하네. 이게 끝이라니. 위로 받고 있었는데. 백세주는 3분의 2 정도 남았어. 술이 약해서 이미 알딸딸하긴 하지만 그래도 좀 아쉬워. 30분 뒤로 돌려서 다시 보기 시작했어. 난 눈이 반쯤 풀렸고 다리를 책상 위에 올렸어. 양말에 흘린 물감이 느껴져. 발로 물감통을 살짝 밀고 영상에 집중하고 있어.

다시 보니까 외로워 보이네. 외로운 거지 뭐. 저분의 작품들은 재밌는 내용이 대부분이던데. 아이러니하다고 생각하는 게 맞는 걸까? 뭐가 어디에서 나오는 건지. 책상 옆 전신 거울에 내 모습이 보여. 볼이 빨개졌고 금방이라도 울 것 같은 표정이네. 머리를 거칠게 쓸어 봤어. 노트북 뒤쪽으로 내가 완성한 작품들이 걸려있어. 조명을 받아서인지 더 아련해 보이네. 인터뷰 영상은 계속 흘러가고 있어.

– 기안 84씨는 어때요?
– 하고 싶어하는 일을 해서 되게 좋았거든요? 몇 년 전만 해도요.
근데 지금 생각해보면 그게 꼭 좋은 걸까, 이런 생각도 들고…

노트북으로 인터뷰 영상이 계속해서 나오는 상태에서 핸드폰에 스피커를 연결해 노래를 틀었어. 잔잔한 밴드 사운드의 노래가 들려. 4평도 안 되는 이 작업실 안에 여러 소리가 섞여서 꽉 채워지고 있어.

외롭지 않아.

외롭지 않아.

외로워.

마음속으로 혼잣말을 중얼거리고 있어. 소리들이 섞여서 소음이 되었지만, 노래 가사와 인터뷰 내용 모두 한 토시도 놓치지 않고 다 듣고 있어. 왜 이런 게 슬플까. 뭐가 슬픈 걸까.

그리고 한글 파일을 열었어. 흰색 화면, 깜빡거리는 커서, 주황색 조명, 삐걱거리는 의자, 가장 나다운 시간. 지금은 무엇을 써도 진심일 것 같아. 나를 담아내는 일, 그걸 해낼 거야.

순간, 소리가 동시에 꺼졌어. 인터뷰 영상이 끝났고, 핸드폰은 전원이 꺼졌어. 충전기가 연결되어 있는 콘센트 버튼만 누른다는 게 잘못해서 콘센트 전체를 꺼버렸나 봐. 검은색이라고 말하기 쉬운, 그런데 검은색이라고 하기에는 색이 없는 어둠이야. 딱딱한 바닥에 누웠어. 골반 뼈에 바닥이 부딪히는 느낌이 들어. 졸려. 잠이 와. 이대로 잠들었으면 좋겠어. 부디. 제발.

그게 공감이 될까?
조금씩만 다르지
다 그렇게 살지
않을까?

난 늘 그런 걱정에 휩싸였어.

파도가 출렁거리면
발끝을 적셔.
그런데 이제는
파도를 기다리지 않고
발을 담그려고.
그러면 알 수 있지 않을까?

여행을 오곤
모든 긴장에 너그러워진다.
낯설어하는 이 기분에 취하고 있다.
느닷없이 들린, 그 시덥잖은
농담에 위로를 받는다.
'잘 있어 난 금방 떠나 잘 있어'
실수 같은 게 절실히
필요했었어.

잘 있어. 난 금방 떠나, 많이 배우고 가.

K, 오사카는 별거 없었어. 연락도 없이 그냥 사라져서 미안해. 뇌에 과부하가 왔었어. 휴식이 아니라 도망이야. 도망, 아니면 도피, 뭐 그런 거야. 난 항상 힘들 때마다

'나 아직 이렇게 어린데, 하필 내가'

이런 말을 자주 하는 것 같아. 웃기지? 평소에는 나이 적게 보이고 싶지도 않고 오히려 성숙한 모습을 보여준답시고 목에 힘주고 다니는데 말이야. 아파하고 힘들어하는 것에 의미를 크게 두고 위로를 잔뜩 받고 싶어하는, 그쯤인 것 같아.

오사카에 도착해서 보니까 죄다 한국인이었어. 일본인데 분명한 한국말이 막 들려. 그래서 이어폰을 꼈어. 좋아하는 노래를 고르다가 해쉬스완의 '미치지 않고서야'라는 노래를 틀었어. 가사를 내 상황대로 재해석하면서 내 앞의 풍경과 사람들을 바라봤어. 그 가수도 이런 감정으로 가사를 쓴 걸까, 뭐 이런 생각도 들었어.

사람들이 거의 없는 도톤보리 골목의 골목으로 들어가기도 했어. 그제서야 여행을 왔구나, 정말 혼자가 됐구나, 싶더라. K, 난 어리고 경험이 부족한데 그에 비해 써내려가야 하는 양이 너무 거대해 보일 때가 많아. 역량 이상으로 잘해야 한다는 마음이 자꾸 나를 짓눌러. 그래서, 음.. 그냥 그렇다고.

세 걸음 나아갈 때마다 사진을 찍었던 것 같아. 연속촬영이라도 한 듯 사진첩에 일본 풍경을 담은 사진들이 가득 찼어. 과연 이 사진들을 내가 한국에 돌아가면 볼까? 이런 생각이 드니까 갑자기 이 사진들이 멀게 느껴지더라. 그래서 그냥 핸드폰 전원을 껐어.

난 항상 손가락 첫 마디에 굳은살이 배겨 있어. 작가의 훈장 같아. 그 굳은살로 일본 거리의 풍경들을 만지고, 느끼고, 바라보고. 나름 행복해. 문득 여기서 누군가 '당신은 뭐하는 사람이에요?'라고 질문하면 나는 뭐라고 답을 할까, 라는 생각이 들었어.

그렇게 걷다가 전기줄이 칭칭 엉켜 있는 전봇대를 발견했어. 해가 지는 시간대였고 하늘은 옅은 보라색이었지. 무거운 가방을 내려놓고 노트 모퉁이를 찢었어. 뭐라고 쓸까 한참을 고민하다가 '잘 있어, 난 금방 떠나, 많이 배우가가, 잘 있어' 이렇게 적고 꼬깃꼬깃 전봇대 틈에 끼워놨어.

혹시 만약에라도 다시 한번 오사카를 오게 된다면 이곳부터 올 거야. 시간대에 맞춰 보라색 석양을 바라보면서 그 '미치지 않고서야'라는 노래를 들으며 다시 읽어보고 싶어. 내가 쓴 그 쪽지를.

K, 나는 한국에 돌아왔어. 배우기는 개뿔. 별것도 없어. 괜히 간 것 같아. 여행도 갔다 왔으니 글을 쓰기에 마음은 편해졌군, 하고 자기암시를 해서 그런지 지금 감정의 컨디션이 썩 나쁘지는 않아. 아, 하나 배운 게 있어. 내가 무언가를 여행이라고 생각하면 그게 여행인 거더라. 꼭 어딘가를 떠나야지만 여행인 건 아니었어.

다시 작업실 안이야. 평범하기 그지없는 4평짜리 방. 물감과 크레파스, 마카, 파스텔, 제일 나다운 것들이 나와 가깝게 있어. 조금 신기한 건 글을 쓰다가 멍하니 천장을 바라보면 오사카에서 본 장면들이 생각나. 별 의미없이 걸으며 보았던 건데 왜 떠오르지. 뭐랄까, 감동 혹은 위로로 다가오는 건 아닌데 그냥 떠올라. 그래도 기분이 나빠지거나 그런 건 아니니까 좋게 생각하려고. 좋은 게 좋은 거잖아.

희생에 대한 대가. 불완전함의 한계
그런 거 아니야. 울음을 쏟을 수 있는 자격
그뿐이야. 눈을 감고 아무거나 짚어봐
그 어떤 것도 변하지 않고 익숙한
질감으로 너 곁에 있어. 넌 거대한
틈을 만들어낸 거고, 이제 시작인거야.

멈춰서 바라볼 줄 아는 순간
익숙했던 것들과 작별할 용기가 차오른다.
두려움이 설렘으로 다가오고
만져지지 않는 틈이 마음 안에 자리 잡는다.
그 안에서 우주가 나올지, 흙탕물이 나올지
그 무엇이 나오더라도 등돌렸던 순간과
멀어져 있겠지.
이제 시작이니까.

그 이유는 나만 알고 있으려고

미친 거지, 정상은 아니야.

바닥 무늬가 뭔가 달라진 것 같아서 몇 분 동안이나 바라봤어. 몇 명의 사람들이 나를 힐끔 쳐다보며 지나가고 있어. 이러다가 친구만 마주치지 않았으면 좋겠다. 그 친구들 앞에서는 평생 철없이 잘 웃는 애로만 남고 싶어. 아니, 꼭 그렇게만 남고 싶다는 건 아니고, 두 가지를 모두 할 줄 아는 사람이 되고 싶어. 내 안에 많은 게 있는 것뿐이니까.

이럴 때마다 나도 내가 어색해. 진짜 무슨 예술가라도 된 것 같거든. 그런데 그냥 지나치면 분명히 후회할 것 같아서. 영감? 그런 것 같아. 요새는 그 영감이라는 것이 마르는 것 같으면서도 예상치 못하게 감정 안에 부딪히고 퍼질 때가 많아. 그래서 별 의미를 두지 않고 있어. 정의내리지 않는다고 말하는 게 더 맞는 것 같네.

으. 오글거려.

작가니까 괜찮아. 뭐 어떻게 보면 회사원이 출근하는 거랑 내가 지금 쥐가 나면서까지 쭈그려서 바닥 무늬만 바라보는 거랑 다르지는 않지. 당연하지, 다르지 않아. 계산해보면 나의 이 짓도 시급이 매겨지는 것이거든. 결국 사람들은 이런 말을 궁금해하는 것 같아.

'야, 그거 돈 되냐'
'얼마 벌었는데'

앞뒤의 상황을 잡았어. 머리부터 발끝까지 손에 만져질 정도로 묘사하고 조금씩 덜어내. 전달하고 싶은 감정선을 얹어. 넘치지 않게 흐름을 연결해. 철산역까지 40분. 마감시간 비슷한 걸 스스로 정해놓고 집중하기 시작했어. 상상하면 모든 게 써져. 눈앞에 그려지듯이 말이야. 그런데 이게 꼭 좋은 것만도 아니야. 그 이유는 나만 알고 있을래. 다 말하면 나를 잃을 것 같거든. 노트북을 덮고 아무도 모르는 뿌듯함에 실실 웃고 있어. 옆자리 누군가가 물어봐줬으면 싶은 마음이야. 물론 물어봐도 말은 안 해줄 거야. 말해버리면 꼭 그 정도까지의 기쁨은 아니었구나, 싶을 것 같아.

글을 잘 쓴 것 같다고 자랑하고 싶어. 그러다가 갑자기 닭살이 돋았어. 현학적으로 멋있는 척하는 문장만 쓰던 몇 년 전이 생각났거든. 노트북을 켜서 그렇게 쓰지 않았나 다시 한번 확인했어. 후. 다행이다. 그러지 않았어. 아주 일상적이야. '뭐뭐 같은'이란 표현이 조금 걸리긴 하지만, 그래도 나쁘지 않아. 평범해. 꾸밈없이 담백해. 닭살이 없어졌어. 그 민망함만 주는 옛날 시기도 뭐, 필요하지 않은 과정이라고는 생각하지 않아.

4년이 지났고 아직도 성장하고 있는 것 같아. 음, 조금 다른 결로 말이야. 더 넓게 보여. 탈피하고 움직이고 반항

적으로 보여주고 싶어. 꿈틀거리는 게 많거든, 내 안에. 다 보여주고 싶어.

왜 인지는 모르겠지만
지켜내야지 그게 소중한
거라는 생각이 들었다.

무엇을 생략하고 있는지는 본인만 아는 거니까
그게 또 다른 몫이 될 거 같아. 어떻게 메꿔가야 할지.

민들레만 알고 있겠지, 그건 말이야.

민들레를 보고 있어. 봄이 왔구나, 봄이 왔어. 원래 민들레가 이렇게 길었던가. 되게 길어. 검색해보니까 원래 그렇대. 사진 찍어서 인스타그램 스토리에 올렸어. 왜 올렸지. 남들이 나를 기억해주기를 바라는 것도 없지 않아 있어. 민들레가 예쁘고 신기한 것도 맞고.

이 민들레는 어디서 왔을까. 봄이 오기 전엔 추웠을 텐데 어디에 숨어 있었을까. 그 전 가을에는 또 어디에 있었을까, 그리고 또 그 전에는...

민들레 이 친구도 자기만의 시간이 있었겠지. 쳐다보는 사람들은 항상 듬성듬성 볼 수밖에 없는 것 같아. 다 연결되어 있을 텐데 말이야. 연결, 그래 연결. 그러니까 지금 여기에 있는 거고.

얘만 알고 있겠지? 무엇을 알고 있겠냐고?

무엇을 생략하고 채워가며 여기에 왔는지
그리고 앞으로 어떻게 버텨갈지

시들고 피워내고 또 다시 시들고 피워내고..

내가 할 수 있는 건 그저 민들레가 내 눈에 들어왔을 때 바라봐주는 것뿐이야. 일 년에 한 번 정도 이렇게 평소에 하지 못했던 생각을 하면서 말이야. 봄바람이 따뜻해. 눈을 감고 걸으면 많은 것들이 떠올라. 내가 생략했던 건 뭘까. 내가 메꿔가야 하는 건 뭘까.

①
'어쩔 수 없었어' 이 말 뒤에 붙는 건 나를 숨기기 바쁠 뿐인 거같아.
②
남은 올해에는 '그럼에도 불구하고' 이 말을 조금 더 꺼내자.

어떻게 딱 선 그어놓고 그 이후로는 아무렇지 않을 수 있겠어.
어떻게 생각해?

K, 그 선은 무뎌지기 위한,

혹은 무언가에 닿기를 원하는 역설이 아니었어.

나에게 상처 비슷한 것을 주기 위한 용기였어.

나는 그 선을 몇 년 전에 처음으로 마주했어.

아무리 넘어가려 해도 제자리로 돌아왔고

벽처럼 느껴질 때도 많았어.

그런데 우연히 새벽에 조용히 주차하는 택배차를 보는데

내가 그토록 넘고 싶었던 선이 희미해지는 것 같았어.

그렇게 이름도 모르는 사람들의 상처를 이해할 수 있게 됐고

선이라는 것에 두 번 다시 집착하지 않게 됐어.

예술가랑 기술자, 그거 한 끗 차이래
그 말을 듣는데 있잖아..
나 많이 내려놨다고, 그렇게
많이 내려놨다고 생각했는데
나는 아직인가 봐. 먹먹해지고
슬펐어 많이.
...

쌉싸름한 이게 뭘까.

나는 항상 풍경에 대한 묘사에 들어갈 때면 인물이 그려져. 어떤 감촉의 계절인지, 무엇이 지나가고 있는지, 주변의 채도는 어떤지, 일반적인 상황이었다면 그냥 지나칠 수 있는 그런 것들을 과하지 않게 구체적으로 잡고 묘사에 들어가. 그러면 인물이 자연스럽게 잡아지는 것 같아. 내가 만든 그 작은 세계 안에 감정선만 한 방울 떨어뜨리면 모든 게 살아서 움직이는 것 같은 느낌이 들어.

그렇게 글을 완성하고 나면 허리를 꼿꼿이 펴고 소리 내서 읽어봐야 해. 진짜 작가가 된 것 같은, 그런 오만하지만 짜릿한 감정이 내 안에 가득 차. 좀 더 만끽하고 싶지만 이럴 때마다 늘 나의 또 다른 어떤 감각이 '별것도 아니야, 별것도 아니야', 라고 말하는 게 들려. 균형을 맞춰주려고 하는 거겠지. 심호흡을 크게 한번 하고 한숨을 뱉고 말아.

뭘까, 이 쌉싸름한 기분은.

얼음이 녹고 있는 아메리카노 한 잔

카페 옆 테이블 사람들의 이야기가 너무 잘 들려. 저게 진짜 삶 같아. 들으면서 내 원고를 보고 있는데, 이게 가짜 같아. 당연한 거지. 글은 어찌 됐든 가공된 거잖아. 그대로 반영하려고 해도 어려운 거지. 조금 더 인상적인 내용이 들리면 좋을 것 같은데 아직 그런 대목이 나오지 않았어. 귀는 옆 테이블 쪽으로 집중하고 있고 내 손은 타자를 칠 준비를 끝냈어.

점점 사람들이 더 들어오기 시작했어. 회사 점심시간이 된 것 같아. 알아들을 수 없는 용어들, 직장 상사에 대한 이야기, 퇴사와 입사, 인턴과 정직원, 나와 조금 동떨어진 이야기들이 흘러 넘치고 있어. 옆 테이블 소리가 점점 묻히네. 사실 묻혔다기 보다는 건질 게 없었어. 분명히 처음에는 '저게 삶이다'라고 생각하며 감각을 긴장시키고 있었는데 듣다 보니 글로 풀어내기엔 망설여지는 소재들이었어. 나와 너무 비슷하다고 해야 되나. 나는 나와 비슷한 것들을 적는 데에 질렸거든. 그런데 어떻게 된 게 저 사람들이 나와 너무 비슷해.

옆 테이블 사람들은 결국 일어나더니 카페에서 나갔어. 의미 없이 얼음만 남은 아메리카노를 마시면서 멍하게 있어. 카페 안에는 수많은 넥타이와 정장들이 공기를 조이는 것 같아. 사람들 틈 사이로 보이는 밖으로는 사람들이 한 줄로 서서는 한 손에 커피를 든 채 담배를 피우고 있어. 십 분만 지나면 이 사람들은 다시 회사로 들어가겠지. 그러면 나 혼자만 남겠지.

몇 분, 몇 시간, 며칠이 지나야 나는 그들처럼 들어가게 될까. 어디에서 어디로, 나가게 될까.

지금 내 앞에는 얼음이 녹고 있는 아메리카노 한 잔, 드로잉 노트와 뭉툭해진 4B연필, 흰색의 한글 페이지, 깜빡거리는 커서, 그런 게 보여.

쓸데없이 나답네.

타협전에 고뇌하는 건
그게 그만큼 소중하다는 거야
그리고 타협하고 나서
답답해지는 건 나다움에
조금 더 다가갔다는 거야
그러니까 너는 지금처럼만
흘러가도 돼.

고뇌했고

소중함을 품었고

담담하게 나다워졌다.

그렇기에

지금처럼 흘러간다.

위로해주는 게
이렇게 어려운지
새삼 다시 느낀다..

내가 나를 위로해주려고 해.
몇 번의 호흡을 가다듬고
목 끝까지 나오려 했던 말들을
다시 삼키며 또다시 삼키며.
삼키고 있어.
쌓여가는 미지의 '말'
나는 그렇게 나를 위로하고 있어.

정신적으로든 물질적으로든 궁핍하지 않으면
그 어떤 것도 일어나지 않는다. 최선을 다해서 궁핍함을
생산했다. 그리고 그 궁핍함의 주인이 됐다.
몇 번의 죽음과 몇 번의 탄생을 겪으며
나답게 살고 있다. 지금 이 순간, 더할 나위 없이
나답다.

콜록콜록, 역시 괜히 했어.

나 이거 왜 하고 있지?

뜨거운 물로 얼굴을 한 번 뒤덮고 욕조 속에 들어가. 그 질문까지 이 안으로 넣어버리고 싶어, 아무 생각도 들지 않게. 이러다 갑자기 문장이 떠올라서 벌떡 일어나 물방울 뚝뚝 떨어트리며 노트북 앞에 앉지만 않아도 다행이지 뭐.

반신욕 하려고 하는 거겠지.

시시해. 근데 제일 설득력이 높은 것 같아. 작업을 끝내고 반신욕을 하려고 이 짓을 하고 있는 거야. 삶의 엄청난 진리를 깨닫고 그것을 독자들에게 공유하고, 그런 것들은 아무래도 내 역할이 아닌 것 같아. 항상 어려운 말들이 머리 안으로 들어오기만 하면 '그냥'이라는 단어를 많이 사용하는 것 같다. 어려운 것들을 퉁쳐버리고 살 수 있는 방법이 없으니까. 짊어지고 엉금엉금 기어가더라도 앞으로 나아가야 하니까. 그걸 아니까 별 의미 없이 '그냥'이라는 말이 계속 나오는 것 같다. 별 수가 없으니까.

한번 머리끝까지 물속에 넣어볼까. 그러면 귀와 코에 물이 다 들어가서 후회하겠지. 콜록 콜록거리면서 무서움을 느낄 수도 있겠다. 그런데 왜 자꾸 해보고 싶지. 한 번만, 딱 한 번만 정수리까지 넣어보고 아니면 앞으로 안 하면 되는 거잖아. 그런 거잖아.

콜록콜록. 역시 괜히 했어.

머리카락을 꽤 많이 길렀어. 뻣뻣해서 머리 넘기기가 어려웠는데, 물에 적시니 한 번에 넘어가. 뒤로 머리카락을 다 넘기고 욕조에 머리를 기댔어. 그래도 방금 이 행동을 하는 동안에는 어려운 생각을 안 했어. 그건 뿌듯하네. 그런데 이렇게 또 다시 생각이 시작됐어.

나는 궁핍했던 것 같아. '무엇이?'라는 질문을 받으면 '모르겠어'라고 말할 것 같아. '왜?'라는 질문을 받으면 '그러게'라고 말할 것 같고. 누군가는 내가 그렇게 말해도 이해하겠지? 그런데 그럼 내 입이 조금 간질간질할 수도 있겠다. 말은 더 하고 싶거든. 할 수 있는 말이 없을 뿐이지.

'모르겠어, 그러게.'

그 이유 모를, 답하지 못하는 궁핍함이 나를 여기까지 오게 만들었어. 4년. '4년 동안 어떻게 꾸준히 집필을 해오셨나요?'라고 누군가가 물어본다면 그것도 '그냥'이라는 단어를 쓰면서 얼버무릴 것 같네. 하지만 '궁핍했거든요'라고 말할 수도 있을 것 같아. 내가 노력한 건 결국 그 궁핍함을 유지했던 것뿐이 아닐까.

요즘은 이렇게 걷기만 해도 행복해.
우리는 길었던 여정을 쉴새없이 달려왔잖아

쉼 없이 감내해왔다.
풍경이 눈에 들어오는 게 느껴진다.
걷고 있구나.
뛰어왔었구나.
이제는 걷고 있구나.

시간이 지날수록 친구들에게 오글거리는 애정표현을 더 하는 거 같아.
감정이 더 메마르기 전에 많이 해 너 자신을 위해서

응, 굳이 말이야.

딱 내 나이 같은 대화를 하고 나면 기분이 좋아.

뭘 어떻게 살고 있길래 이러는지 모르겠지만, 대충 살고 있는 것과는 정반대야. 그런데 이 말도 참 웃겨. 어릴 때는 지금의 내 나이가 얼마나 어른처럼 보였는지 몰라. 시간이 지나면서 순간순간마다 담겨지는 순수함이 다른 거니까 그걸 지키는 시간의 길이만큼만 어린 건가 싶기도 해. 나는 일 년 일 년 지날 때마다 계속 어려지는 것 같았어. 새로운 무언가가 늘 다른 걸 미뤄내고 내 마음속에 자리 잡았거든.

몰라. 아무것도 아니야. 괜히 멋진 말 해보고 싶었던 거야. 그냥 여전해. 여전히 소모하고 있어. 그러니까 사랑한다는 말이 하고 싶어져. 응, 굳이 말이야.

'나만 그런 건 아니겠지만, 다 그렇겠지만'. 이거 좋은 표현은 아닌데. 예전에 병원 의사선생님이 이런 생각하지 말라고 했었는데. 다시 말해볼게. 나는 그래. 나는 감정이 남들보다 두 배, 아니면 세 배, 그 정도 더 빨리 빠져나가는 것 같아. 토해내야 하는데 토할 게 없어서 손가락을 집어넣어 헛구역질을 만들고 있는 것 같은. 비유가 좀 깨끗하지 않긴 한데 내 마음이 느끼는 통증이 이 느낌과 좀 비슷해.

그래서 작업만 끝나면 아무것도 느끼고 싶지가 않아. 정말 그 어떤 것도 감정에 얹어지지 않았으면 하는 마음이야. 글이라는 것에 감정을 다 소모해버리고 정작 너희들한테는 그 어떠한 감정도 표현할 여유가 없어져서 미안해. 이러려고 그렇게 살아온 건 아닌데. 아직도 나는 할 일을 끝내도 끝나지 않은 기분이야. 그러니까 내가 가끔 이렇게 미친놈처럼 사랑한다고 말할 때, 아무것도 몰라도 되니까 그냥 내 옆에 있어줘.

모르면 화를 내고
알면 감수하는 거
같아.
어쩔 수 없지
우리는 겪었던 거잖아.

여름을 맞이했다.
생각에 잠기고
무언가에 치이면서
우리는 겨울을 마주한다.

이렇게 또 여름이 왔어
또 그렇게 겨울이 오겠지
우리는 그렇게 살아가는 거야

어떻게 하나하나 타협하면서 살아가. 어느 정도는 무시하고 걸어가도 괜찮아. 조금은 울퉁불퉁해서 그렇지. 너 안에는 너만의 것이 있어.
...

뒷부분 빼고, 행복하니까.

형, 저희 꼭 10년 뒤에도 이런 거 하고 있으면 싶어요. 지금까지도 정말 많은 것들이 지나갔으니까, 아니, 저희가 많은 것들을 넘어왔으니까. 그러니까 앞으로도 그럴 거라고 생각해요. 살아가면서 지켜내야 하는 것들이 있잖아요. 저는 지금은 이거라고 생각해요. 지켜내야 한다는 말을 쓰니까 되게 대단한 것 같은데, 그게 아니라, 그냥 철없이 상상하고 표현하고 그려내고 써내고 음미하고 감상하고 적용해보고 사유하고 그렇게 나아가고 멈춰 서서 눈을 감고 이해하고. 뭐 그런 것들. 꼭 지금 저희가 하고 있는 것만으로 이것들을 가능케 할 수 있는 건 아니지만, 그래도 이것들을 하고 있으니까. 그리고 행복하다고 생각하니까. 아, 다시. 뒷부분 빼고, '행복하니까.'

내가 좋아하는 걸 누가 궁금해 하면 난 사랑을 느껴 너무 쉬운 거 같아.
쉬운 거면서 엄청 어려운 거야 그건

함박눈은 정말 오랜만인 거 같아.

절대 말하지 말자. 절대 말하지 말자. 다짐을 그렇게 해도 누군가 책을 좋아한다고 하면 마음이 쿵하고 울린다. 입안에서 '저 작가예요'라는 말이 나올 듯 말 듯하다. 웃겨. 책 좋아하는 사람, 우리나라 인구 2%만 잡아도 100만명인데, 왜 그 한마디에 심장이 난리인지. 내가 작가라고 말하고 나면 나는 그 사람을 사랑하게 될 거야. 분명히 그렇게 될 거야. 난 아주 쉬운 사람이거든.

혹시라도 좋아하는 책이 겹치고 인상 깊게 읽은 문장이 똑같다면 술을 더 시킬 수도 있을 것 같아. 예술이 무엇인지, 더 나아가서 삶이란 무엇인지에 대해서도 깊은 이야기를 나눌 것 같아. 내가 하는 예술, 그것의 방향, 그림의 특징들을 나열하면서 정신적 나체로 그 사람 앞에서 나를 다 드러내고 있다는 것도 망각한 채 홀린 듯이 이야기할 거야 나는. 내가 살아온 26년 중 지금 이 사람과의 대화는 1시간도 안 되겠지만 나는 사랑을 느끼게 될 거야.

"저는 작가예요."

"진짜요? 무슨 글 쓰세요?"

"그냥 이것저것? 그림도 그리고 그래요."

"보여주세요."

"전 되게 쉬워요. 그러니까 지금부터 이야기하기 시작하면 전 정말 저를 미워할 수도 있을 것 같아요."

"네?"

"그런 게 있어요."

"그건 쉬우면서 어려운 거예요. 그러니까 괜찮아요."

술집에 사람이 많지만, 우리가 하는 이야기가 너무나도 잘 들려. 오히려 사람들의 소음은 배경의 색, 그런 역할을 하는 느낌이 들 정도야.

창밖에 눈이 내려. 나는 되게 중요한 어떤 말을 하려고 했는데, 네가 꼭 들어줬으면 하는. 그런데 눈이 오자마자 너는 고개를 돌렸어. 김이 조금 샜지만 넌 옆모습도 이렇게 예쁘다는 걸 알게 됐으니 괜찮아. 사람들이 모두 카메라를 꺼내서 동영상을 찍기 시작했어. 눈이라는 게 참 별것도 아닌데 사람 마음을 몽글몽글하게 만드는 게 있다니까. 너는 다시 고개를 돌려서 나를 바라보고 있어. 눈이 마주치고 이유 모를 웃음이 동시에 터졌어. 사람들은 언제 그랬냐는 듯이 제자리로 돌아와 다시 술잔을 기울이고 있어. 난 이제야 너의 뒤로 내리는 눈이 제대로 보여. 함박눈은 정말 오랜만인 것 같아.

나 진거 아니야
그냥 그럴 수도 있는 것들이
부딪힌 거 뿐이야.

나 또한 그럴 수 있는 것이기에
그마저도 그럴 수 있는 것들이다,
인정하고 나아간다.
부딪힌 것에 불과하기에.

예술이라... ART.

"승석아, 형은 이것도 예술이라고 생각한다?"

K, 나 일본 선술집 식당에서 아르바이트를 한지도 벌써 1년이 됐어. 왜 하냐고? 돈이 없으니까. 당연한 거야. 가끔씩 손님이 물어보기는 하더라.

"몇 살이야?"
"25살입니다."
"무슨 일 해?"
(아르바이트하고 있는데 이걸 물어보는 것도 좀 의아해.)
"저 작가하고 있습니다."
"오, 근데 이건 왜 해?"

대충 이런 레퍼토리의 반복이야. 그렇다고 그런 질문과 반응을 받는 것을 기분 나빠하지는 않아. 감정은 내가 만들어내는 거니까. 내가 그 사람들의 말에 어떠한 감정도 대입하지 않으면 결국 정보 전달뿐인 거잖아.

아 k, 이 이야기를 하려고 했던 건 아니고 이곳 사장님 이야기를 해주려고 했어. 여기는 메뉴 하나가 나가는 시간이 기본 40분이야. 그만큼 정성이 들어가. 그래서 사실 바쁠 때는 아르바이트생들보다 셰프님들이 더 바빠. 나는 설렁설렁 손님들을 바라보며 이야기를 만들거나 인물을 끄집어내는 것을 할 때도 많아. 그렇다고 대충하지는 않아. 최선을 다해야 할 때와 쉬어도 될 때를 구분할 줄은 알아. 아무튼 1년 정도 여기서 일하면서 사장님이랑 친해졌어. 주방을 기웃거리며 메뉴를 어떻게 만드시나 보기도 하고 가끔 물어볼 때도 있어. 사람은 역시 자기 일에 집중할 때 멋있다는 것도 많이 느껴.

저저번주였나, 사장님이 요리를 다 하고 멀리서 그윽하게 한번 바라보시더니 갑자기 고민도 없이 그걸 다 버리시는 거야. 그러면 손님은 40분을 더 기다려야 되는데 말이야.

"사장님, 괜찮으세요?"

"어어. 다시 하면 돼. 잘 말씀드려줘."

장사가 끝나고 마감하면서 사장님께 여쭤봤어. 아까 왜 요리를 버리셨는지. 그런데 사장님이 조금 의외의 대답을 하시더라고.

"승석아, 형은 이것도 예술이라고 생각해."
"네?"
"마지막 데코가 엉망이었어."
"네…?"
"한 번 괜찮다고 하면,
두 번은 더 쉬워져. 무슨 말인지 알지?"

예술이라. 예술이라. 그걸 듣는데 뭔가 찌릿한 게 느껴졌어. 정말 예술이 뭘까 싶다가도 이게 예술인가 확신이 들기도 하고. 그 말을 듣고 나서 카운터로 가 중얼거리면서 이면

지에 잘 나오지 않는 볼펜을 꾹꾹 눌러서 몇 문장 썼어.

K, 그 문장들이 다음 책에 들어갈지 안 들어갈지는 모르겠어. 내가 예술을 바라보는 시야가 더 넓어져서 마음의 공간이 확보가 된다면, 그 문장들을 넣으면서도 어색하지 않을 것 같긴 해. 근데 아직은 좀 무리인 것 같아.

설렁설렁 하면서 꼼꼼하게 하라는 게 무슨 소리야?
뭐든지 너무 잘 하려고 하면 떠나 간다는 말 같은데?

썩 내키지는 않지만, 넘어가 주려고

외롭다가도 행복해야 하는 것, 가득 채우다가도 한 번에 다 비워야 하는 것, 뭐 어쩌겠어. 그게 내 일인데. 왔다 갔다 하면서 폭을 넓힐 줄 알아야 해. 그리고 끝없이 파고 들어서 숨어있던 것을 연결해야 해.

알겠어, 알겠어. 읽으니까 설레고 행복하고 따뜻해진다고 해줘서 고마워. 진심이야. 그런데 그런 것 말고, 잘 썼는지도 봐줘. 미안해, 이것도 '잘'이라는 게 있더라고. 난 그걸 해내야 하고. 그래서 그래. 삶을 짜내듯이 사는 것 같아. 한 방울도 남아있지 않은데. 그러면 또 그 상태를 쓰는 게 내 일이야. 소모하고 증발시키며 흔적을 남기고 있어.

글, 글, 글. 그렇게 추상적으로만 보였던 게 이제야 가끔씩 한눈에 보여. 특별한 삶이라고 생각하는 게 부끄러워지다 보면, 이것도 일상적으로 반복돼. 이것도 저것도 다 비슷비슷한, 그런 문장과 단어들. 의미는 어디에 있는 건지, 가치는 뭔지, 나는 무엇을 끄집어내려고 하는 건지. 결국 또 그게 어렵다는 글만 쓰고 있어.

점을 향해서 선을 그리는 과정이 인생이라고들 하지만, 그것, 그리는 과정만 글로 쓰는 내가 한심해서 몇 번이나 원고를 찢었어. 스페이스 바를 자모음보다 더 많이 누른 것 같아. '낭비'. 이 단어가 왜 이렇게 맴도는지. 그런데 썩 내키지 않아. 내가 초라해 보여. 모순적으로 다른 무언가가 중요하다고 생각하고 있나 봐. 그러니까 반사적으로 '낭비'가 떠오른 거겠지.

너무 잘하지 않겠다고 다짐을 안 한 것도 아니야. 항상 하지. 생각해보면 애초에 이건 잘하고 말고도 참 애매해. 그래서 그냥 나만 죽어나는 상황인 것 같아.

별생각 없이 색연필을 깎고 있어. 너무 날카로워지면 그림이 잘 나오지 않아. 그렇다고 조금만 깎으면 느낌 표현이 되지 않지. 그게 뭔들 무슨 상관이겠어. 대충 깎은 색연필을 연필깎이에서 꺼내 아무것도 바라보지 않은 채 상상으로 그림을 그리기 시작했어. 썩 내키지는 않지만 한 번만 눈감고 넘어가 주려고. 내가 그려서 나온 것들이니까.

언제쯤 '이게 내 삶이야'
이런 말을 꺼내고 휘발되는
것들을 바라보지 않을수 있을까..

외롭지만 외롭지 않은 공기에서

나온 것들이야.

읽으면서

보면서

알지는 못하겠지만 말이야.

삶을 이어간다는 게 뭘까?
뭐긴 뭐야. 말 그대로지. 잠들기 전에 알람 맞추고 일어나면 이불 개고 양치하고.. 포스트잇에 소심하게 적었던 작은 계획들 지워가며 애썼다고 해주는 거. 괜히 거창하게 바라보지 마. 그게 오히려 삶을 굳어지게 만들어.

구독과 좋아요, 알림 설정까지.

유튜브를 하기 시작했어. 별거 없어. 그냥 사람들 만나서 이야기하는 것 찍어서 올리고 있어. 일반인 인터뷰, 그게 컨텐츠 제목이야.

왜 하게 됐냐면, 계속 이렇게 사람을 만나지 않으면서 지내면 갇힐 것 같다는 생각이 들었거든. 그리고 궁금하기도 했어. 나는 이렇게 살고 있는데 너희들은 어떻게 살고 있는지. 나야 드러내는 일을 하다 보니 더 드러낼 것이 없어서 고민이지만, 너희들은 조금 다를 것 같았거든. 드러내서는 안 되는, 말해서는 안 되는, 감춰야 하는, 그런 게 많지 않을까 싶었어.

매회 마다 게스트들에게 주는 질문은 똑같아. 어릴 때 어떤 사람이었고, 지금은 어떤 사람이고, 뭐 그런 성장일기를 들을 수 있는 질문들이야. 사실 질문이 똑같으니까 몇 번 하다 보면 다 비슷한 답변들이 나오겠구나 싶었는데 아니었어. 조금씩 혹은 크게 다른 내용들이 나오고 전혀 상상하지 못했던 삶의 지점들을 마주하게 됐거든.

'아. 사람들은 이렇게 살아가고 있구나.'

그런데 그 사람들이 하나로 엮어지는 것은 모두가 어떻게든 삶을 이어가고 있다는 거야. 이어나가는 것 앞에서는 항상 겸손해지는 것 같아. 더 많이 듣고 사유하기 시작했어.

인터뷰가 끝나고 지원해주셔서 감사하다는 말을 드리면 오히려 고맙다는 말을 많이 들어. 그 사람들은 뭐가 고마운 걸까. 그것까지는 못 물어봤어. 서툴게 알게 되면 상처가 될 수 있을 것 같고, 꽤 많은 걸 알게 되면 마음속 울림이 적어질 것 같아서.

"작가님, 오늘 감사했어요."

"저도요. 감사합니다."

"작가님, 저 지금처럼만 하면 되겠죠?"

"그럼요. 정말 잘하고 계세요."

그 사람도 몰라서 물어본 거 아닐테니까. 너라도 알고 있는 거처럼 말해줘.

3장

그러게.
뭐라고
말을
해야 할까.

눈 딱 감고 용서해주는 거야
뭐가 됐든. 어쩌면 꽤
많은 것들을. 그리고 그게
연습까지 필요하게 될 거야
우리는 아직 모르는 게 너무
많으니까
말이야.

안녕 작년아, 안녕 새해야.

너희들도 작별을 해봤으면 좋겠어.

그게 뭐가 되든. 그럼 진짜 안녕.

샤워하다가 한 문장이 스쳐 지나가서, 잊지 않으려고 중얼거리면서 부랴부랴 책상에 앉아 이렇게 쓰고 있어. 어깨에 비눗물이 보여. 비누 냄새가 나.

무슨 말을 하려고 했지. 뭘 중얼거렸지. 또 천장만 보고 있어. 책상 위 달력이 보여. 내일이면 새해라니. 지금 뛰쳐나온 거랑 너무 어울리지 않는 감정들이 스멀스멀 올라오고 있어. 그냥 하루가 지나가는 것뿐인데. 어쩌면 우리는 하루 정도는 굳이 티 내고 싶어 하는지도 몰라. 살아왔고 살아가고 있다는 걸 말이야.

새해니까, 음, 의미는 없지만 조금만 집중해서 주워담으면 모든 게 의미가 될 수도 있으니까 말해볼게. 일단, 뜨끈한 떡국을 먹기 바랄게. 또, 축하해. 뭐든 다. 그리고 또. 무슨 날이 아니더라도 면도하자. 그러면 괜스레 뿌듯하고 특별해지는 것 같거든. 우리는 그럴 자격이 있으니까. 노래도 찾아서 들어보자. 틀에서 벗어나는 건 생각보다 어렵게 시작하는 게 아니야. 사유하고, 의미에 흠뻑 빠져보고. 사람을 사랑하자. Just 사람. 새해니까 오글거리는 말 하는 거야. 원래 그런 거야.

그리고 나는 에세이로 찾아올게. 내 이야기, 내 이야기… 나도 성숙해진 것 같아서 할 말이 생겼거든. 그리고 그 다음에는 소설로 찾아올게. 내가 바라보는 세상을 같이 봐주면 고마울 것 같아.

안녕 작년아. 안녕 새해야. 아 맞다, 그리고 나 금연 중이야. 연기로 글 쓰던 거랑 작별했어. 너희들도 작별을 해봤으면 좋겠어. 그게 뭐가 되든. 그럼 진짜 안녕.

아직도 삶이 무엇인지 모른다
하지만 그게 걷지 않을
이유가 되지는 않았다.

답은 모르지만

그게 걷지 않을 이유가 되지는 않았어.

그래서 우리는 뚜벅뚜벅 걸어왔고

걸어가고 있는 것 같아.

우리 혹시라도 남이 되더라도
이건 절대 잊지 말자.
침묵이 흐르면
가끔 아무 이유 없이
서로를 바라보면서
많은 것들을 떠올렸던 것.
정말 소중했었으니까 그랬던 거잖아.
또 다른 누군가를 사랑하게 되더라도
나 자신이 누군가를
그만큼 사랑할 줄 아는 사람이라는 걸
잊지 말자.

떡국은 그러니까 맛있는 거야.

1월 1일이 엊그제 같은데 벌써 2월이 시작됐어. 엄마는 밥을 먹자마자 올해도 다 갔다는 말을 해. 그 말이 이해가 돼서 나 자신한테 조금 섭섭해. 모든 건 너무 빨리 지나가고 있어. 뭐랄까. 버스나 지하철의 창문 밖으로 보이는 바깥 풍경이 유화처럼 뒤섞이며 너무나도 빠르게 뒤로 가는 것처럼 말이야. 삶은 그걸 시각적으로도 보여주지를 않아. 그래서 늘 우리는 서툴고, 뒤늦게 자각하고, 후회하기를 반복하는 것 같아.

한때는 그런 게 너무 싫었어. 아이가 투정부리듯이 내가 무엇을 느끼고 있는지 정확히 파악하기도 전에 벗어던지기만을 반복했어. 뭔가를 내 마음속 안에 담는 게 두려웠나 봐. 왜 두려웠을까. 무엇을 담으려고 했지? 아무튼 되게 슬펐어. 무엇 하나 내 안에 들어와 주지 않는구나, 라고 생각했어.

그리고 시간이 좀 더 흘렀어. 모든 매체에서 '나의 삶을 살아라'라는 문장이 흘러넘치기 시작했어. 그 문장은 들을 때마다 항상 설레고도 깊은 두려움을 가져다줬던 것 같아. 나의 삶이라. 나의 삶. 그런데 그런 거 있다? 정말 좋은 말이더라도 때로는 누군가에게 상처를 주더라. 그래서 그 문장, 너무 가깝게 두지는 않았어. 문장은 문장일 뿐이니까. 삶을 담고 있지만, 삶이 아니니까. 그런 느낌인 거지 뭐.

조금만 더 기다려보자. 기다리면 분명 그 지독한 슬픔이 지나갈 것 같았어. 진짜 그럴 것 같다기보다는 차선책이 따로 존재하지 않았던 것 같아. 그 시절 나한테는 말이야. 꾸역꾸역 기다렸던 것 같아. 사랑, 이별, 외로움, 행복 등의 다양한 감정들을. 나는 이 과정을 겪으면서 꽤 많은 걸 깨달았어. 일단 그렇게 기다려서 내가 알게 된 건 공허함이었어. 허무하지? 대단하게 이겨내고 그런 것도 아니더라고.

내가 깨달은 건, 스쳐 지나간다는 거였어. 꽤 많은 것들, 어쩌면 모든 것들이 다 그냥 지나간다는 거야. 당연한 거지. 원래 내 것도 아니었으니까. 당연해서 슬프지는 않았는데 공허했어. 어차피 다 지나갈 텐데 뭐하러, 뭐하러, 음… 지나갈 텐데 뭐하러, 뭐하러. 그다음이 생각이 안 나.

엄마가 해주는 떡국은 정말 맛있어. 엄마는 항상 네가 1년에 한두 번 먹으니까 맛있는 거야, 라고 말해. 먹다 말고 메모장을 켜서 적었어. '원래 그런 건 없다.' 그렇지, 이 떡국마저도 그럴 텐데 뭐든 안 그러겠어. 국물에 밥까지 말아서 먹었어.

시간이 더 지난 지금. 기다리다가 공허함을 느꼈고 좀 더 기다려봤어. 이건 차선책이 없는 어쩔 수 없는 기다림이 아니야. 이제부터는 말을 잘 못하겠네. 나도 잘 모르겠거든. 일단 기다려봤어. 그러니까 조용한 사랑이 눈에 들어왔어. 내 안에 절대 아무것도 들어오지 않는다고, 다 지나간다고 생각했는데. 그 이름 없는 조용한 사랑이 내 마음 안에 굳게 자리를 잡고 들어왔어.

"엄마, 나 갈게."

집을 나왔어. 다시 작업실로 가고 있어. 꽃이 보여. 그래서 꽃을 보고 있어. 하늘이 되게 예쁘다. 하늘을 바라봐. 작업실까지는 아직 시간이 충분하니까. 아니, 충분하지 않아도 꽃이 보이면 꽃을 보고, 하늘을 보면 하늘을 보는, 그런 게 있어. 내 안에.

감정의 형체를 기다리지 않았을 때
지독한 슬픔이었다. 다시, 기다려 보니
그건 텅빈 공허함이었다. 하지만
조금 더 기다려보니 그건 조용한
사랑이었다.

안개꽃

그대는 열어지는 파스텔이기에
추억을 지울수록 더 아름답게
그림이 되어가네요.

지우고 또 지우며
또 하나의 그림으로 완성이 되면

그 앞에 서서
그대가 좋아하던
안개꽃 하나 올려둘게요.

마음에 구멍이 있다고?
전부였던 게 일부가 되는 걸 체감하면 그런 거 하나씩 가지고 살아가.

바다에 들어가려고

조금은 서툴게 노를 젓기 시작했어.

어찌어찌하다가 지금은 바다 한가운데야.

나는 아직도 노를 젓고 있어.

얽매이지 않으니까 우스갯소리에서도 알맹이가 보여.
드디어 한 꺼풀 걷어냈나 보네.

지금 이 상황에서 말이야.

요새는 스케치 작업을 하지 않고 바로 본그림 작업을 시작해. 삐뚤삐뚤 그어지는 선들, 짙게 남겨지는 지우개의 흔적, 물방울이 흔들거리는 채색. 나는 요즘 이런 게 마음에 들어. 그림마저도 너무 인간적이잖아. 잘하려고 할수록 나답지 않게 나와. 그러면 글과 그림이 따로 노는 느낌이 들어.

지금 그림 하나를 완성했어. 여기서 마카로 조금만 더 색칠을 해볼까 말까 고민 중이야. 예전 같았으면 추가 작업 하나로 그림이 망가질까 봐 두려워서 하지도 못했을 고민이지. 그런데 지금은 고민도 하고, 때로는 고민하지도 않고 찍 그어버려. 미완성과 완성의 구분에 얽매이지 않기 시작했거든. 그 선 하나로 인해 기준이 생기고 나뉘게 된다는 게 조금 불편해. 만연해서 이제는 흔한 문장이지만 가장 적합한 것 같아. 지금 이 상황에서 말이야.

'나는 그냥 나야.'

난 정말 힘들 때, 머릿속으로 휴지통을 만들어. 그리고 모든 생각이 구겨지면서 들어가는 걸 상상해. 마지막으로 휴지통을 지우개로 지워.

아무것도 아닌 장면

나는 지금 낙산공원이야. 혼자 왔어. 생각이 복잡해지면 여기 오게 되는 것 같아. 낙산공원은 작업실에서 꽤 멀어, 지하철로 1시간 정도?

일단 지하철을 타고 누군지도 모르는 사람들과 부대껴서 오다 보면 어느 정도는 위로를 받는 것 같아. 신기하지? 나를 위로해주는 사람들이 곁에 많은 것 같긴 한데, 이런 상황에서 마음이 더 채워진다는 게. 오늘은 지하철에서 작업도 하지 않았어. 조금 더 정확하게 말하자면 작업을 하지 않으려고 노력했지. 사람들을 관찰하면서 몇 문장 떠오르기는 했는데, '그냥 보내자, 그냥 보내자' 이렇게 나 자신한테 말하면서 참았어. 글보다 내가 더 소중하다는 걸 아니까. 쓰기 시작하면 종착역까지 걸리는 시간을 마감으로 받아들이고 써 내려야 한다는 강박에 사로잡혀 내가 지금 어디를 가고 있는 건지도 잊었을 테니까. 그렇게까지 잊어가면서, 지워가면서 쓰기만 하면 무슨 쓸모가 있는 걸까 싶어. 이제라도 알게 돼서 다행이지 뭐. 사실 지금만 이렇게 성숙한 척하는 거지, 내일 아니 몇 시간만 지나도 나는 이전처럼 글쓰기를 반복할 거야. 뭐 어쩌겠어. 우리는 항상 부족하고 노력할 뿐이지.

후, 하. 여기는 항상 공기가 좋은 것 같아. 똑같은 서울 중심인데 말이야. 고질병인 거북목을 의식하면서 풍경을 바라보고 있어. 밤하늘의 별빛들이 그대로 떨어진 것 같아.

나 누구한테도 말하지 않았는데, 이런 예쁜 것들을 보면 무서웠었어. 마음 안에 늘 텅 비어 버린 공간이 있어야 한다고 생각했던 것 같아. 그 안에서 감정이 부딪혀 글로 나오니까, 마음이 편안해지면 그 공간이 막혀버리니까, 생각이 없어지니까, 감정이 삭제되니까. 좀 슬프네. 누구 하나 이런 노력을 칭찬해주지 않았거든. 나만 알고, 나만 하고 있는 노력이지.

눈을 감고 과거를 되돌아보고 있어. 굵게 몇 개의 장면들이 지나가. 낙산공원의 별빛을 담은 동네, 이것까지 기억이 나. 이 장면은 나한테 해준 게 없고 나도 해준 게 없는데, 그런데 왜 생각이 날까. 나랑 가깝다고 느끼는 걸까.

날씨가 좀 쌀쌀해. 계단을 천천히 밟으면서 내려가고 있어. 내려가서 지하철을 타고 작업실에 도착하면 또 같은 일상의 반복이겠지. 그런데 이런 반복이 있으니 그곳이 그리워지고 아름답게 보이는 거니까. 그러니까 괜찮아.

아까 왜 그 굵고 무거운 장면들 사이로 낙산공원의 풍경이 떠올랐는지 조금 알 것 같아. 저 풍경도 말은 안 해서 그렇지 고유의 시간을 잘 버텨왔을 거거든. 말하지 않아도 느껴져, 듣지 않아도 알 것 같고.

굳이 설명하지 않아도 와닿는 것들은 항상 고유의 시간을 잘 지켜왔다는 생각이 들어.
스치듯 지나갔는데 잔상이 오래 남는 것들도 그러는 거 같아.
또 그런 것들은, 꼭 지금이 아니었더라도 언젠가는 만날 거 같은 기분이 들어.

그러니까 내 말은
그 사람을 사랑하기에 나는 찌질하지 못했고
그렇다고 떠나가기에는 내 모습을 미워하고 있었다는 거야
사랑은 늘 나에게 숙제 같은 거였고
내가 적어낸 답은 항상 틀렸어.

다른 감정을 품고 살고 있으니까

냉장고를 열어보니 먹을 게 아무것도 없어. 새벽, 잠결에 할머니가 뭘 시켜 먹으라고 했던 것 같은데, 그러겠다고 말했었나. 어제 술을 너무 많이 마셨나 봐. 머리가 깨질 것 같아. 팬티만 입고 다시 이불에 벌러덩 누웠어. 핸드폰을 눌러보니까 알림이 너무 많아. 귀찮아. 베개에 얼굴을 파묻고 있어. 술 냄새가 아직도 나. 하긴, 그런 쌓여있는 알림이 있기에 귀찮다고 말할 수도 있는 거지. 없으면 없다고 외롭다고 그러겠지.

얼굴을 베개에 파묻은 상태에서 손으로 핸드폰 잠금을 풀고 바로 노래를 틀었어. 다행이야, 잔잔한 노래의 inst가 나와서. 메모장에 들어가 봤어. 그 어떤 문장도 적혀있지 않아. 다행이야. 다행이긴 한데 조금 그립기도 해. 술에 잔뜩 취하고 난 다음 날이면 가득 차 있던 메모장이. 뭐 지금은 그때와 다른 감정을 품고 살고 있으니까. 또 잠이 몰려와. 머리는 아프고, 노래는 흐르고 있어.

어머니가
그러셨는데 취해도
술로 취하지 다른 거에
취하면 취한 줄도
모른대
zzz..

네가 그렇지 않다고 생각하고 행동하면

그 누구도 너를 그렇게 쳐다보지 않아.

아 그거? 별거 아냐.
내가 아둔하거나 쿨해서
느슨하게 넘어 간거 아니야.
나만 흔들리지 않으면
그 누구도 나를 가볍게
바라보지 않으니까, 그걸
아니까, 그런 거야.

‘고마워’ 지우고, 이렇게 끝낼게

꽤 많은 것들을 걷어내고 보면 다 비슷해

가끔 글 작업은 감정의 파편들을 모아 조립하는 것, 그 이상도 이하도 아닌 거라는 생각이 들 때가 있어. 틀린 건 아니니까 그 말이 정답이라고 생각하고 싶은 것도 사실이야. 복잡해지면 글이 잘 나오지 않거든.

그래서 집 앞을 산책하면서 몇 단어, 지하철을 타면서 한 문장, 밥을 먹고 알바를 하면서 조금씩 나온 감정의 끈을 고리처럼 엮어 하나의 글을 만들기도 했어. 순간순간의 상황과 감정선은 달랐지만 엮어서 합쳐보면 그럴싸하게 말이 됐거든.

사실 말이 됐다기보다는 ‘그게 내 삶인데 나보고 어쩌라고’ 이런 생각이었어. 예쁘게 감정선이 연결되고 흐름에 맞는 단어의 배열로만 글이 완성되면 너무 삶과 동떨어지지 않겠어?

영화나 드라마를 봐도 그렇잖아. 그게 말이 되니? 뜬금없고 갑작스러운 것들의 연속이잖아. 그런데 우리는 그걸 이해하고, 더 나아가서 위로받잖아. 내가 하고 있는 이 예술도 그런 것들과 별반 다르지 않다고 생각해주면 고마워. 다시, 다시. '생각해주면 고마워', 이거 지우고, '별반 다르지 않아'. 이렇게 끝낼게.

하지만 나도 알고 있어. 좋은 거라고 다 합쳐버리면 그건 이도 저도 아닌 게 된다는 걸. 그래서 그 점을 주의하고 있어. 그런데 아직 많이 어려워. 이 문장이 다른 문장 안에 들어가면 그 의미가 흐릿해지는데, 나도 사람이어서 그런지 포기를 못 하겠네. 아, 그냥 이런 내 이기심 때문에 다른 시공간의 문장을 하나로 엮고 있나 봐. 이게 좀 더 솔직한 내 마음일 수도 있겠다.

나는 요즘 글을 적어가면서 생기는 많은 불협화음에서 삶을 직면하는 것 같아. 좋은 문장들을 모두 챙기려다가 정작 본질의 것을 잃어버릴 수 있다는 것, 이게 꼭 글에만 적용되는 건 아니라고 생각하거든. 그래서 글에 이 작업을 하는 과정을 많이 담고 있는 건지도 몰라. 조금 더 삶다운 것을 적어내고 싶거든.

궁금해. 너희들은 어떤 좋은 것들에 둘러싸여 벗어던지지 못하고 계속 꽁꽁 싸매서 들고 있는지. 언젠가는 사용할 날이 있겠지라는 생각으로 버티다가 어긋나는 상황에서는 어떻게 내려놓는지. 나나 너희들이나 모두 행복하려고, 의미를 찾으려고 나아가고 있는 건 똑같으니까. 그 말도 해주고 싶네. 꽤 많은 것들을 걷어내고 보면 다 비슷해. 온도, 무게, 채도, 깊이, 뭐 그런 것들. 그러니까, 나도 노력하며 그 좋은 것들을 놔주고 있으니까, 너희들도 해봤으면 좋겠어.

틀린 건 아니지. 좋은 게 좋은 거야.
근데, 좋은 거라는 그게 절대적인 버팀목이 되는 건 아니지 않을까 싶어.
지금은 뭔가 분산된 의미의 좋은 것들을 쓸어 모아 조립하고 끌려가고 있는 거 같아. 몇몇은 두고 가야 할 수도 있어.

이것만 하고 나면 심장에 여운이 남아.

여운도 감정인 줄 알았는데

아니었어.

여운은 내 존재 그 자체였어.

너를 사랑하니까
나약함을 보여주는
너 앞에서 강한 척
해주는 거 아닐까?

다음에는
내가 강한 척해줄게.
나한테 기대.

5월 12일이라고 적었어.

꼭 어떠한 방향성의 기준이 존재하고
그 안에서만 성숙의 의미가 실현되는 게 아니니까.

혓바늘이 났어. 따갑고 고통은 느껴지는데 어디에 난 건지 찾기가 어려워. 약을 바르기에는 밤샘 작업 때문에 눈도 뜨기 어려워. 거울을 바라보니 눈이 심하게 충혈돼 있어. 몸이 너무 무거워. 노래를 무작위로 틀었어. 피아노 선율이 들려. 커피를 마시려고, 아침은 시작해야 하니까. 힘든 건 힘든 거고, 세상은 항상 그런 상태의 나를 배려해준 적이 없었으니까. 어쩔 수 없이 내가 맞춰 가야지 뭐. 혓바늘이 난 위치를 찾으려고 혀를 굴리고 또 굴리다 보니 자꾸 이빨에 부딪혀 그곳이 부어오르고 있는 것 같아. 오늘 맛집 가서 맛있는 걸 먹으려 했는데 다음으로 미뤄야 하나.

난 꼭 이런 게 혀에 나면, 길 가다 괜스레 돌에 앞발 코를 박아 의미 없이 무작정 화를 내다가 평소에 분출하지 못했던 화까지 표현해버리는, 그런 것과 유사한 감정을 느껴. 거울에 혀를 내밀어도 보이지도 않는 이 혓바늘을 향해 욕을 하면서 화를 내고 있어. 오히려 고맙네. 이럴 때 아니면 또 언제 화를 내겠어. 이해하면서 버티고 또 버텨야 하는 곳이잖아, 이 세상 어느 곳이든.

친구와의 맛집 탐방 약속을 취소했어. 좀 아쉬워. 나 냉면 진짜 좋아하는데. 예전에는 좋아하는 거라면 어느 순간이나 해도 만족했었어. 그런데 지금은 좋아하는 것을 최고의 컨디션에서 할 때 생겨나는 행복감을 느끼고 싶어 하곤 해. 나름 성숙해진 거야. 이쪽에서 저쪽으로 변화를 한 것 자체가 성숙이니까. 꼭 어떠한 방향성의 기준이 존재하고 그 안에서만 성숙의 의미가 실현되는 게 아니니까.

약속이 취소되면 바로 작업의 연속이야. 뜻밖의 작업시간이라고 하기에는 매 순간 감정의 촉을 세워놔서 그냥 정리하는 느낌에 가까워. 눈꺼풀이 무겁고 혓바늘의 고통이 계속 느껴져. 물감통 물을 갈아야 해. 모든 색연필을 조금씩 더 깎았어.

잘 써야 한다는 마음부터 가라앉히고 있어. 그게 있는 한 아무것도 나오지 않더라고. 그 마음이 떠나지 않으면 계속 어려운 단어와 복잡한 문장들에 빠져서 헤어나오지 못하고 허우적거리는 것 같아.

"야, 이승석. 뭐해?"

"나 작업 이제 시작하려고 하는데?"

"나와, 술 마시게."

겨우 가라앉혔는데 나오라네. 괜히 혀를 다시 한 번 굴려보고 있어. 나가지 않을 확실한 핑계를 찾으려고 하는 건지, 아프지 않으면 나가려고 하는 건지 모르겠어. 글에 마음이 조금은 뜬 걸까. 아니면 여유로워진 걸까.

괜찮아. 감각은 늘 세워놓고 있으니까. 메모장에 들어가서 5월 12일이라고 적었어. 뭐든 적고 집에 돌아오겠지. 나한테 제일 가까운 것들로 말이야.

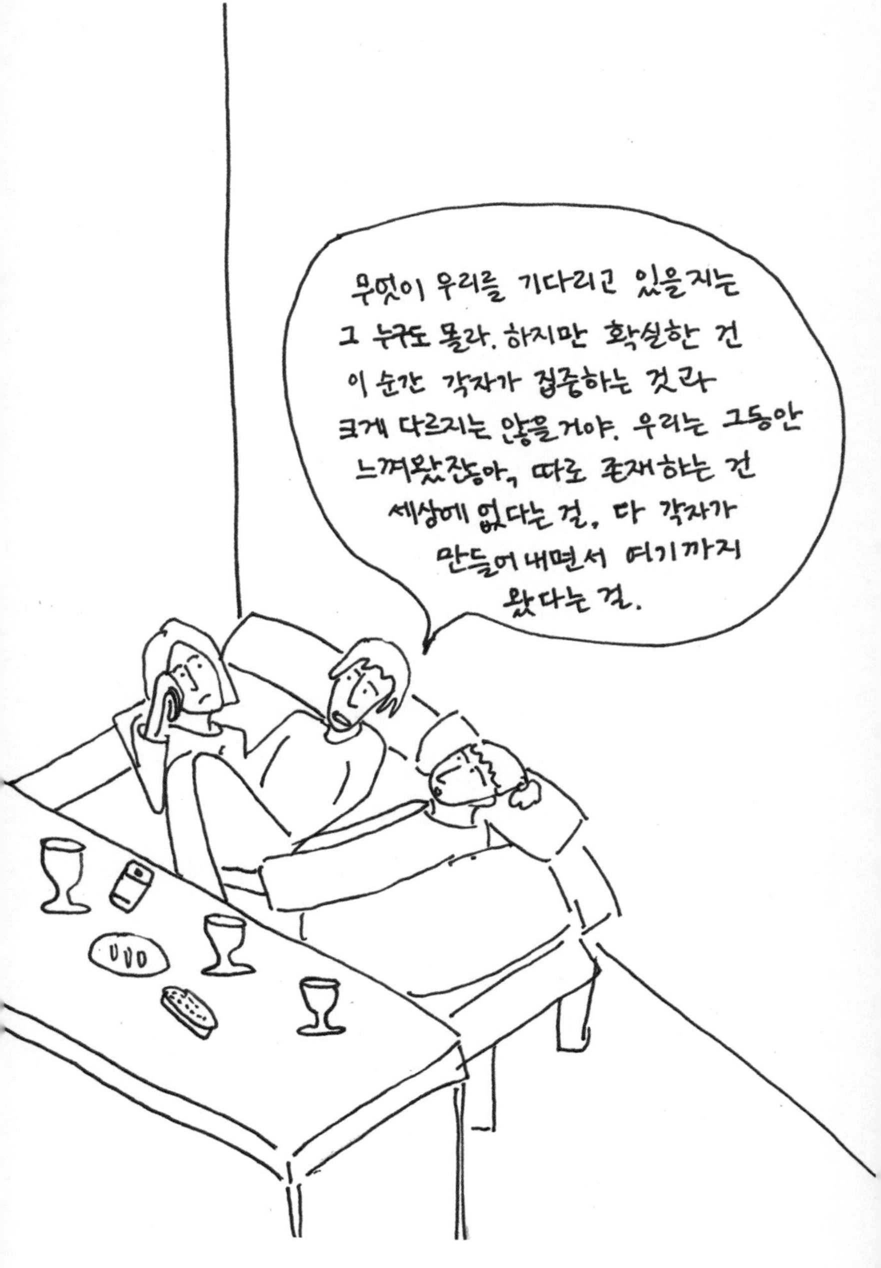
무엇이 우리를 기다리고 있을지는 그 누구도 몰라. 하지만 확실한 건 이 순간 각자가 집중하는 것과 크게 다르지는 않을 거야. 우리는 그동안 느껴왔잖아, 따로 존재하는 건 세상에 없다는 걸. 다 각자가 만들어내면서 여기까지 왔다는 걸.

찰칵.

"그냥 흘러가는 대로 적어 봐."

"흘러가는 대로?"

"응."

"그게 뭔데? 어떻게 하는 건데?"

"네 눈에 제일 먼저 들어오는 것에서부터 눈을 감으면 마음에 담기는 것까지, 적어보는 거지."

"그런 말 할 줄 알면 그냥 네가 작가 해라."

지금 눈 앞에 핸드폰이 보여. 인스타그램에 #글 을 치고 들어가 봤어. 죄다 비슷한 것들의 장이구나. 여기서 벗어나야지, 그게 맞는 거지, 라고 생각을 하면서 핸드폰을 덮었어. 그런데 나라고 작품을 완성한 뒤에 그 해시태그를 쓰지 않은 적이 없어. 그냥 그런 거야.

핸드폰 옆에는 향초 홀더가 있어. 얼마 전에 새롭게 알게 된 분이 준 거야. 그 형은 사업을 하고 계셔. 형이 그랬는데, 나 자신이 의미로 가득 차면 모든 의미부여를 따로

하지 않아도 된다고. 형이 사업을 하니까 사업과 관련된 내용으로 말씀해주신 것 같긴 한데 지금 생각해보면 아닌 것 같기도 해. 다시 한 번 물어볼까도 싶지만, 그냥 내가 더 살아보면서 알아가 보려고. 형도 그때 취해 있었어서 잘 기억나지 않을 것 같아.

향초가 타기 시작하면 처음에는 잔잔하고 그윽하지만 조금만 지나면 자욱해지며 답답해져. 스탠드 불빛에 향초 연기가 보여. 괜히 손으로 한 번 휘저었어. 내 손 움직임에 연기가 빠르게 퍼지고 다시 천천히 가라앉아. 내가 하는 대로 반응이 일어나는 것들이 나는 좋아. 좀 변태 같지만, 생각보다 그런 게 적더라고. 적은 것들은 사소한 것부터 한 번씩 해보면 살아나고 죽지 않으며 마음에 더 깊게 새겨지는 것 같아.

노트북 왼쪽에는 어제 새벽에 먹다 남은 유자차가 담긴 물컵이 있어. 먼지가 보이지는 않지만 위에 먼지가 가득할 것 같아. 노트북, 펜, 연필, 차를 담은 물컵, 향초. 아주 그냥 작가네, 작가야.

찰칵. 사진을 하나 찍었어. 연기가 자욱해. 향초에 불을 다시 붙이고 유자차가 담긴 물컵을 조금 더 가운데 쪽으로 옮겼어. 사진과 함께 인스타그램에 #작업중 이라고 적었어. 되게 있어 보이는데? 사진을 찍어 올리자마자 불을 다시 끄고 창문을 열어 환기했어. 물컵은 싱크대에 놓고 뜨거운 물을 받았어. 노트북은 닫았어. 현실은 sns와 항상 다른 거야. 보여주고 싶은 것만 보여주고, 보고 싶은 것만 보는 것. 그뿐이야.

나 사실 아까 발끈했다?
아니, 보이지 않는다고 없는 거처럼
말하더라고. 근데 다시 생각
해보니까. 보이지 않는데
있다고 생각하는 건
마법에 가깝더라구
...

사랑하고 있어.

벅찬 마음으로 말이야.

뽀드득, 뽀드득.

뽀드득, 뽀드득. 눈이 신발에 짓눌리면서 나는 소리에 나는 닭살이 돋아. 소리에 반응하며 나는 등을 살짝씩 으쓱거리고 있어. 아버지의 굽은 등 옆에서 말이야.

"아빠, 담배 피우셔도 돼요."

"아니야, 괜찮아."

몇 걸음만 가면 버스정류장이 나와. 또 전쟁터 같은 작업실로 돌아가야지 뭐. 각자 자기만의 돌아갈 곳이 있는 거잖아. 그러니까 뒤돌아서야지, 그것 말고는 딱히 방법이 없으니까.

"아빠, 생신 축하드려요."

"춥다. 어여 가."

창문에 서리가 꼈어. 눈이 살짝씩 내리면서 창문 너머로 손을 흔들고 있는 아버지의 표정을 가리고 있어. 눈은 창문의 겉면에 붙어서는 떨어지려 하지 않아. 그런데도 나는 안쪽 창문 면으로 입김을 불고 있어.

뽀드득, 뽀드득.

"아들."

"응, 아빠."

"사람들은 대부분 '무슨 일 하세요?'라고 물어보지만 말이야."

"응."

"그게 중요한 게 아니야."

"그러면 뭐가 중요한 거야?"

"그 무슨 일을 '하고 있다'는 거, 그게 중요한 거야."

아버지의 굽은 뒷모습이 점점 멀어지고 있어. 아버지가 살짝 고개를 숙이고는 내뿜으시는 담배 연기도 보여. 점점 더 멀어지고 있어. 왜인지는 모르겠는데 나 초등학교 체육대회 때가 생각이 나. 응, 갑자기 말이야. 우리 아빠가 와줬었어. 활짝 웃으면서 우리 아들, 우리 아들, 아빠가 1등 해줄게, 라고 말해줬어. 팔을 걷으시고 힘차게 달리면서 골인점에 정말 1등으로 들어오셨어. 그리고는 나를 번쩍 안으면서 말해줬었어.

"우리 아들, 우리 아들이 최고야."

“그 안에 모든 삶이 있어?”

삶을 녹여내려면 일단 써야 해.

이게 지금까지 내가 할 수 있는 대답이야.

K, 오랜만이야. 좀 연락이 뜸했지? 미안해. 별일은, 아무것도 없어. 매번 똑같아. 내가 질문을 만들어내고 그 안에 갇히고, 그 무한 반복의 과정. 가끔은 연기하고 있는 건가 싶을 때도 있어. 그러니까 이게, 음. 사람들은 위로가 필요할 때만 나를 펼쳐볼 테지만, 나는 항상 그들로 하여금 펼쳐보게 내 자신을 만들어야 하는 거니까. 말을 어렵게 하는 건 아직도 못 고쳤네. 조금만 더 풀어서 이야기해보자면, 나 많이 외롭다는 거야.

외로움이라는 게 도대체 뭘까? 얼마 전에 무표정으로 티비를 보고 있었어. 세상이 이렇게 빨리 흘러가는구나, 변하는 건 없으면서도 너무나도 변해가는구나, 이런 걸 느끼면서 말이야. 나도 늙었나 봐. 그런 생각을 하고 말로 툭 뱉어야 후련해. 암튼, 그렇게 채널을 빠르게 돌리는데 어떤 강연 영상에서 손이 멈췄어. 거기서 뭐라고 그랬냐면,

'사람은 원래 외로운 겁니다.'

누가 그걸 몰라서 이러고 있나. 하지만 나는 다르다고, 나는 다르다고. 그래 k, 나는 내가 다르다는 걸 너무나도 외치고 싶었던 것 같아. 사람들은 외로울 때 나를 펼쳐보겠지. 그렇기 때문에 나는 외로움이 찾아오면 최선을 다해서 작업을 해. 아니, 없던 외로움도 만들어내서 감정을 소진해버려. 그래서 외롭다고 나는.

말하고 나면 별것도 아닌 게 되는, 이 기분이 싫어.

K, 3월인데 아직도 입김을 불면 흰색 연기가 나와. 산책하고 싶은데 패딩이랑 목도리랑 양말이랑, 챙겨야 할 게 많

은 날씨야. 그래서 작업실 암막 커튼을 살짝 걷어서 밖을 바라보는 시간이 많아졌어. 바라보는 것과 그 안에 들어가는 것, 그건 하늘과 땅 차이야. 창문을 꽉 닫으면 밖의 바람 소리가 무섭게 들릴 때도 많아. 보기에는 맑고 따뜻하게만 보이는데 말이야.

K, 최근에 친구랑 조금 재밌는 이야기를 했었어. 너무 뜬금없이 내 이야기를 막 해도 이해해줘. 머리가 항상 복잡해서 뭐가 나올지 나도 모르겠다. 그냥 뻔한, 올해 목표, 꿈은 무엇인지 등에 대한 대화였어.

"야, 승석아. 너 올해 뭐하려고?"

"나 이번에 글 작업에 한 번 모든 걸 걸어보려고."

"그거 어떻게 하는 건데?"

"그냥 작업실에서 살려고."

"그 안에 모든 삶이 있어?"

"어... 그게 말이지…"

그 다음에는 되게 추상적인 대답을 했던 것 같아. 사실 그 마지막 질문에 대한 답을 모르거든. 그래서 최대한 어렵게 말해야 될 것 같았어. 그냥 아는 척하고 싶었어.

난 바로 메모장을 켜서 적었어.

'모든 삶, 작업실 그 안에, ...'

삶을 녹여내려면 일단 써야 해. 이게 지금까지 내가 할 수 있는 대답이야. 생각만 하는 것과 실제로 쓰는 건 너무 다르거든.

그런데 이 대답을 그 친구에게 말하지 못했어. 뜬구름 잡는 소리 같고 문학적이지 못하다고 해야 할까?

우리는 그대로 안양천을 쭉 걸었어. 꽃들이 조금씩 피기 시작하고 있어. 바람이 차갑지만 춥지는 않았어. 그날은 평소보다 말을 좀 더 아끼고 풍경을 바라보며 걸었던 것 같아. 메모장에 적었던 그 문장을 곱씹으면서.

정말 좋으면 아껴 듣고 아껴 먹고, 아껴 봐. 무뎌짐은 좋고 싫고와 무관하게 찾아오니까

mokyo의 새 앨범을 아껴서 듣고 있어.
미나리 무침을 가끔씩 먹기 시작했어.
그리고 그 사람을 천천히 알아가려고.

나에게

계속 글을 써주길 바라. 조금만 쉬고 돌아와줘. 부담은 가지지 않았으면 좋겠어. 너는 글이 없어도 너니까. 예쁜 것들 많이 보고 좋은 것도 듣고 맛있는 것도 먹고. 쉬어가도 괜찮아. 승객은 도착점에서 내리지만, 우리는 기사잖아. 잠깐 내리고 다시 탈 거야. 기지개 크게 한 번 폈으면 싶어. 아침에 일어나면 아무런 의미 없이 커피를 마시고 다시 이불 속으로 들어가기도 하고.

여행도 끝이 날 거야. 돌아오겠지. 다시 돌아오는 것도 하나의 여행으로 받아들이는 네가 되기를 바라. 또 무엇을 묘사하고 적어내야 할지, 그 고민에서 조금만 벗어나자. 긴장해서 관찰하고, 놓치고서는 후회하는 것들 앞에서 잠깐만 멀어지자. 모르는 언어가 넘치는 곳으로, 낯선 사람들 속으로 들어갔으면 해. 그러면 그 누구도 너를 이해하지 못하고 알아듣지 못할 테니까 최대한 크게 말했으면 좋겠어. 마음속에 응어리처럼 고여 있던 말들을. 그리고 만약에 그 낯선 사람들이 너를 안아준다면 그 품속에서 울었으면 좋겠어.

다시 글이 그리워질 때쯤. 그런 순간이 와서 다시 펜을 잡고 네 평짜리 작업실에서 감정을 풀기 시작한다면, 반갑게 마주해줄게. 그런데 괜찮아, 만약 다시 앉았는데 아직도 잔여물처럼 남은 무언가가 너를 부대끼게 만든다면 말이야. 다시 떠나도 괜찮아. 이상한 게 아니라 아직 덜 비운 거니까.

그러니까 돌아오기 위한 여행이 아니길 바랄게. 여행을 위한 여행, 그렇게 떠나기를 바랄게. 네가 돌아오면 고맙지만 돌아오지 않아도 고마워. 너는 모르겠지만 우리는 받은 게 꽤 많아.

특별하긴 그런 게
어딨겠어. 그냥 각자
자기 할 일 하면서
살아가는 거지 그
삶 속에서 사랑을 찾으
면 좋은 거고.
바로 그거지!

무제

“이걸 진짜 네가 썼다고?”
“그럼 내가 썼지.”
“네가 이걸 썼을 리가 없는데…”
“칭찬이지?”

K, 다들 나를 이상하게 보더라. 진짜 내가 쓴 것 맞는데. 그런데 오히려 좋아. 삶을 잘 분리해서 살고 있다는 생각이 들었거든. 난 이번 신작을 거의 막바지 작업 중이야. 이게 끝나면 또 뭘 써야 하는지, 생각만 해도 막막해. 얼마나 많은 산책을 하게 될까. 또 얼마나 다양한 사람들을 관찰해야 하는 걸까. 예전에는 그 막막함에 대한 감정을 토로하면서 집필했던 것 같거든. 뭐든지 끝까지 파고들면 의미가 생기니까. 그런데 나 조금 변했어. 시간은 흐르고 그에 맞춰서 나도 변해간다는 걸 알았어. 그러니까 걱정은 하지만, 져버릴 정도까지는 하지 않아. 앞으로 나아가는 집필을 할 거야. 사실 이제는 과거가 꽤 두껍게 쌓여서 그런지,

조금만 되돌아봐도 글은 금방 나와. 하지만 정체되어있는 건 예술이 아니니까. 그건 내가 위로받고 싶을 때나, 나를 위로해주고 싶을 때만.

다시 하던 이야기로 돌아가자면, 나는 변할 거고, 작업실에 앉아 있을 거고 또 다른 무엇인가를 생각할 거야. 그러면 노트북도 있고 펜과 종이도 있으니까 나는 그에 맞춰 적기만 하면 돼. 나를 쓸 거야. 휘둘리지 않고 나를 적어낼 거야.

이렇게 말은 하지만, 아직 다가오지 않았기 때문에 무서우면서도 당당하게 있는 것 같아. 겁이 없다고 해야 하나. 하나둘씩 정장을 입는 친구들이 많아지겠지. 그에 반해 나는 계속 물감과 색연필 흔적이 묻은 옷들을 입고 있을 거야. 머쓱하게 행동하지 않으려고 최대한, 다수와 소수의 느낌만으로 나를 대할 거야. 그리고 또 무언가를 느끼겠지. 항상 영감과 자극은 틈에서 이뤄졌으니까.

힘들 때, 오늘처럼
나 부르기나 해, 꼭.
너무 많이 나온 거
아니야?

K, 너 옆에

항상 내가 있어.

원래 그런 건 없어
뭐든지 꽉 껴안아주면
따듯해져
야옹..

이승석777 (영어로 치기)

비번이 기억 나지가 않아. 뭐였더라. 뒤에 '^^'가 붙는 거였나. 아니네. '^^^' 이거였나. 이것도 아니네. 뭐든 자주 알아봐 줘야 기억에도 남는다니까. 그동안 선물할 일이 너무 없었던 것 같아. 그러니 이런 데에도 안 들어가지.

마음이 너무 좁아졌나 봐. 예전에는 아무런 날이 아니어도 선물하고 그랬는데 말이야. 그렇다고 지금의 '나'를 못났다고 생각하지는 않아. 커가면서 다 챙길 수는 없는 거지. 꼭 선물이 아니더라도 다른 의미로 사람들에게 베풀고 있으니까. 아, 그리고 보답이나 보상을 기대하지도 않아. 내가 그만큼 사랑으로 가득 찼어.

아이디를 새롭게 만들고 가입하고 있어. 나도 늙었나 봐. '이승석777' (영어로 치기) 이런 아이디밖에 생각나지가 않아. 조금 다르게 해볼 만한데 말이야. 회원가입이 참 쉬워진 것 같아. 나 진짜 어릴 때는 엄마랑 같이 하나하나 다 읽어보고 그랬거든. 우리는 불필요하다고 생각되면 아예 없어도 된다고 생각하나 봐. 하긴 나라고 다를 건 없지 뭐. 체크하라는 곳에 체크하고 스크롤만 쭉 내리고 있으니까.

직업이 무엇인가요?

직업? 내 직업이 뭐지. 대학교 4학년이니까 대학생이 맞겠지. 대학생에 커서를 놔두었지만 그 아래, 아래, 아래에 있는 '예술가'라는 항목에 눈이 멈춰 있어. 나는 사람들을 만날 때 나를 뭐라고 소개하더라. 작가, 그래, 작가라고 말하는 것 같아. 그런데 이게 나한테 꾸준한 수입을 가져다주지는 않는데…

이거였네, 내 열등감이.

그래서 내가 이 간단한 직업 칸에서 망설이고 있구나. 사실 내가 어떤 걸 선택하든 그 누구도 신경 쓰지 않을 걸 알아. 이 사이트 관계자가 갑자기 '조사해보니 그저 대학생인 주제에 예술가라고 적은 게 말이 됩니까?'라고 말하지는 않을 거 아니야.

그냥 '예술가'로 체크했어. 그리고 선물을 신중히 고르고 주문했어. 중요한 건 내가 누군가를 위해 선물을 샀다는 거잖아. 노트북을 닫고 천장을 바라보고 있는데 괜히 작업을 더 열심히 해야 할 것 같은 느낌이 들어. 아, 이러면 또 어렵고 복잡한 문장이 나올 때만 만족감을 느끼며 아무것도 쓰지 못할 텐데 말이야.

때론 말이 없는 것들에서

듣기 시작하고

살며시 위로받고

가까워진다.

이런 거 보면
아주 짧은 순간이지만
소중했던 기억이 나를
감싸는 거 같아.

자유... 자유... 자유...

러닝을 시작했어. 이유가 거창하진 않아. 그냥 글 작업을 더 오래 하고 싶어서야. 티비에 자주 나오잖아. '무언가를 하려면 체력부터 기르세요', 이 말이 내 이야기가 될 줄은 생각도 못 했는데. 분명 그 방송에서는 의사가 아줌마, 아저씨들한테 해준 말이었는데. 난 26살인데. 쩝. 그래도 하기로 했으니까. 이제는 아침에 눈을 뜨면 충혈된 눈을 부여잡고 반쯤 감은 눈으로 작업실 의자를 더듬거리지 않아. 스트레칭을 크게 한 번 하고 무조건, 무조건 밖으로 나가서 뛰기 시작해.

부은 얼굴, 어딘가를 잡지 않으면 쓰러질 것 같은 정신 상태, 추레한 반바지, 낡은 장갑, 구멍 뚫린 운동화. 남들에게 보여주기 싫은 초라한 모습이지만, 그 생각보다 글 작업이 우선이야. 몇 년 전만 해도 절대 그런 상태로는 어디도 나가지 않았는데, 내가 뭔가 변하긴 했다니까. 더 중요한 것을 선택하고 집중할 줄 알게 된 것 같아.

처음에는 헬스장을 다닐까도 했어. 그런데 러닝만 하려

고 헬스장을 다니는 건 조금 그렇더라고. 할 수 있는 것부터 해보고 필요를 느끼면 생각해보는 것, 그것도 내가 변한 것 중 하나일 수 있겠다. 그래서 나는 그냥 밖에서 뛰어.

지하철 두 정거장 정도. 이렇게 기준점을 잡고 뛰고 있어. 원래 집 앞 주차장을 반복해서 뛰었는데 몇 바퀴만 뛰어도 힘들더라고. 막상 뛴 거리를 보면 너무 적었는데 말이야. 뭐가 문제였나 싶었는데 끝이 보였던 게 문제였던 거 같아. 주차장은 길이가 너무 짧아서 시야에 목표지점이 보이거든. 그래서 몸이 금방 익숙해지는 것 같더라고. 저기까지만 가면 쉬어야지, 저기까지만 가면 된 거지 뭐, 이런 생각을 하면서 말이야.

지금도 난 뛰고 있어. 노래는 최대한 신나는 걸 듣고 있어. 안경에 김이 계속 차고 이마에서는 땀이 주륵주륵 나서 시야를 방해하네. 가다 보면 끝이 아예 보이지도 않는 직선거리가 나오기도 해. 무섭거나 두렵지 않아. 노래 볼륨을 두 개 정도 더 높이고 그냥 무작정 뛰어. '어차피 끝은 있으니까', 이런 무의식적인 안도감으로 가는 게 아니야. 나는 내가 뛰고 있다는 것에만 집중하고 있어.

숨이 차. 도착했어. 이 뿌듯함은 말로 설명할 수 없어. 회사에 출근하는 사람들 사이에서 허리를 숙이고 숨을 고르고 있어. 어느 한 명도 나를 쳐다보지 않아. 이제 다시 돌아가야 해. 뛰어서 다시 처음으로 말이야. 제대로 달리기 위해 제자리에서 살짝씩 뛰면서 시동을 걸고 있어. 너무 뜬금없지만 자유롭다는 걸 느껴. 왜 자유를 느낄까. 몸 안에서 뜨거운 뭔가가 끓는 게 느껴져. '자유... 자유... 자유.' 저 멀리 보이는 신호등을 기준으로 정하고 더 빠르게 뛰어가고 있어. 온 힘을 다해 빠르게 뛰어가 보자. 자유로워.

일요일 오후 9시

작업하면서 들을 재즈를 고르고 있어. 음악에 대해 깊은 이해는 없어서 몇 초 듣고 넘기기만을 반복 중이야. 오늘 내 감정과 제일 잘 맞을 것 같은 노래를 기다리고 있어. 겨우 몇 개를 골랐어. 플레이리스트에 넣은 다음, 전곡 반복 재생을 눌렀어. 마음이 편안해져. 가사가 없으니까 듣기 너무 편해. 멜로디에 내가 겪어왔던 풍경들이 겹쳐져. 노력하지 않아도 가능한 것들, 잔잔하게 퍼지는 감정들, 모든 것들이 섞이지 않고 그대로 둥둥 떠 있는 것 같아. 누군가와 이런 감정을 나눌 수 있다면 얼마나 좋을까. 내가 작가라서 이러는 건 아니었으면 좋겠어.

끈

기억의 끈이 풀어지고
내가 남았다

추억의 끈이 끊어지고
너만 남았다.

괜찮아.
다 괜찮을 거야.

짚어주는 것, 그게 내 역할이지 뭐.

요새 집필은 잘 돼가?

조금이라도 일상적이지 않으면 지워버리는 것 같아. 사실과 허구, 진심과 가식, 그런 걸 다 떠나서 말이야. 어제는 걸어가는데 내 앞에 있는 비둘기가 날아가지를 않는 거야. 그래서 그걸 글로 썼어. 어이없지? 일상은 그런 거야. 그런데 더 어이없는 건 그게 우리 삶이라는 거지. 다만 우리가 의식하고 있지 못할 뿐이야. 그걸 짚어주는 게 내가 할 일이고.

조금 늦게 도착한 것 같아. 대단한 무언가가 나를 기다리고 있어서 저절로 글이 써지기를 기대했었는데, 사실 아무것도 없었지. 그런 시기도 지금의 감정을 느끼기 위한 과정이었을지도 몰라. 지금 일상에 흠뻑 젖어서 관찰과 사유의 간격이 좁혀지는 것도 시간이 흐르면 또 하나의 과정이 되겠지. 뭐든 괜찮아. 숨이 깃들어 있는 일상에서 삶이

마자. 숨이 깃들어 있는 일상에서 삶이 시작되는 거야. 멀리 있는 게 아니야.

시작된다는 것을. 멀리 있지 않더라. 그 어떠한 것도. 들여다보고 되짚어주면 의미와 가치는 자연스럽게 따라오는 거야.

드디어 지끈거렸던 게 나아졌어.

의식적으로 쌓아둔,

해져버린 것들이 다시 보이기 시작했어.

하릴없이 걷지 않게 되었고,

다시 새벽을 설치고 있어.

그래서 한 번 더 바보처럼 소진해보려고.

물론 그 틈에서 잔재처럼 남겨지는 감정들은 책임질 거야.

이제 그 정도는 감당할 수 있게 됐어.

실수에 책임이 뭐가 필요해
실수는 그냥 실수야.
가까워지려고만 살지 마
나는 모르는 척 해줄 수 있는데
너가 책임을 부여하는 순간
그 누구도 모른 척 할 수 없어
실수 같은 거 그냥
하고 살아. 괜찮아.

너가 그렇게 생각하면
그냥 그런거야
두번 다시 너를 깎아
내리지마.

나는 글을 쓰고 그림을 그리는 작가거든.

요즘 당근 마켓을 자주 이용하고 있어. 매일 작업실에 박혀 살아가는 삶이어서 필요한 건 딱히 없지만, 글과 그림에 필요한 것들이 꽤 많아지더라. 작품은 연필과 펜, 물감과 노트, 그것들만으로 나오는 게 아니더라고. 있어 보이고 싶어서 하는 말이 아니라 진짜 그래. 책상 위에는 의미나 역사가 쌓여 있는 것들이 필요한 것 같아. 무슨 말을 하는지 나도 모르겠다. 그냥 그래.

만 원에 좋은 스캐너가 올라와서 예약했어. 나 이제 글을 쓰고 그림도 그리는 작가라고 생각하거든. 아직 입에 붙지는 않았지만 나를 소개할 때 그림을 그린다는 말까지 하려고 노력하고 있어. 굳이 남이 알아주기를 바라서 그러는 건 아니야.

그림을 통해 글 이상의 것을 담을 때도 많아졌어. 가끔은 단어와 문장으로 담을 수 없었던 것들이 그림으로 풀어질 때가 있어. 물론 받아들이는 사람들은 내 생각과 다르게 느낄 수 있지만 말이야.

"안녕하세요."

"안녕하세요. 제품 여기 있습니다."

"감사합니다. 여기 만 원이요."

"되게 오래된 제품인데, 어디에 쓰시게요?"

"저 글 쓰고 그림 그리는 작가라서요, 이게 필요하네요."

무거운 걸 들고 낑낑대며 집에 도착했어. 기계를 잘 다뤄본 적이 없어서 그냥 멍하니 겉박스만 바라보고 있어. 당근 마켓 알림 소리는 왜 이렇게 큰지, 갑자기 울리는 핸드폰 소리에 놀랐어.

'작가님, 짧은 만남이었지만 잘 되실 것 같습니다. 구매해주셔서 감사합니다.'

몇 달 뒤에 나오는 내 책을 이 분이 읽어봐 주셨으면 좋겠다는 생각이 들었어.

기대는 나한테 하는 거야. 감사하다고 남한테 기대하지 않아. 그냥 고마운 거야. 그거면 된 거야.

“제가 더 감사하죠. 저는 작가 이승석이라고 합니다.”

사랑해.

시시한 것도 최선을 다하면 뜻밖의 미세한 것들을 가져다줘. 어쩌면 우리는 미세한 그 점에서 우주를 만들어가고 있는 건지도 몰라.
음...

근데 일단은 자야 해.

작업을 끝마치고 맥주를 마시고 있어. 이제 끝이구나, 싶지만 오늘 취하고 내일 일어나면 언제 그랬냐는 듯이 다음 책을 준비하고 있겠지. 더 할 말이라는 게 남아있나 싶다가도 한두 단어가 스쳐 지나가며 장면이 그려지면 금방 또 쓸 것이 생겨. 변함없이 또 계속 고민할 것 같아, 글이라는 게 어디서 나올 수 있는 건지에 대해서 말이야. 나는 이미 내 경험을 다 토해낸 것 같거든. 몰라, 다 내 생각일 뿐이야. 지금은 이 원고를 끝냈고 행복하고 술을 마시고 있고 취할 거야. 그게 중요한 거야.

오랜만에 sns를 의미 없이 훑어보고 있어. 보고 싶었던 것도 아닌 영상과 내용에 헛웃음을 지으면서 생각이라는 것 자체를 안 하고 있어. 벌써 새벽 1시야. 시간 가는 줄 모르고 이러고 있었네. 탁자 위에는 캔맥주 대여섯 개가 있어. 내가 누릴 수 있는 행복의 크기 같아. 예전에는 글 말고는 뭐 해본 게 없어서 내가 할 수 있는 행복이 이 정도뿐이구나 싶었는데 이제는 아니야. 감사한 마음이 먼저 들어.

글이 잘 써지기를 바라면서 작업실의 문을 열지만, 꼭 그러지 못하는 하루여도 괜찮아. 내가 내 두 발로 들어가서 나를 적었고, 나로 나왔으니까. 그래서 행복해.

나중에 일어나서 치워야겠어. 지금은 좀 더 행복해하다가 잠들래. 핸드폰은 안 할 거야. 누워서 눈을 감고 아무 생각도 없이 검은색 배경 속에 온전히 나를 맡기고 그 어떠한 것도 하지 않을 거야. 나는 그럴 자격이 충분히 있어.

잠이 바로 오지 않아서 맥주 하나를 더 꺼내왔어. 암막 커튼을 살짝 열어봤어. 새벽인데 커튼 밖이 더 밝은 것 같아. 방금 혼자라는 생각이 나를 엄습할 뻔했어. 그런데 뭐 혼자인 게 거짓말도 아니고 사실이잖아. 뭔가 이상하네. 나는 항상 무엇이 내 곁에 있다고 믿었길래 그런 감정이 다가오면 무서워했을까.

좀 취해가는 것 같아. 음, 앞으로 또 누군가를 만나게 되겠지. 사랑하고 이별하고, 그러겠지. 내 삶은 그런 것들이 덧붙여져서 점점 더 두꺼워지고 딱딱해질 것 같아. 조금만 더 진심으로 누군가를 사랑해야겠다. 상처를 두려워해서 덜 사랑한 적은 한 번도 없지만, 뭐랄까, 그냥 그런 생각이 드네. 지금 눈 감으면 바로 잠들 것 같아. 왜 이렇게 메모장을 키고 싶지. 왜 이럴까. 근데 일단은 자야 해. 오늘은 마무리된 거니까.

작가의 후기

결국, 저의 삶이었습니다. 대단한 말을 하려고 하는 게 아닌, 정말 눈앞에 보이는 풍경들과 귀로 들리는 소리, 그게 삶이었습니다. 글을 쓰는 4년 동안 그 당연하고도 자연스러운 것에 너무도 크게 의미부여를 하며 살아왔던 것 같습니다. 왜냐하면 글을 써야 하니까요. 글에 삶의 엄청난 깨달음을 넣어야 하니까요.

하지만 실상은 그렇지 않다는 걸 알게 됐습니다. 무겁게 생각하는 걸 조금씩 걷어내고 보니까 저는 걸었던 길을 또 걷고, 바라봤던 것을 또 보고, 그렇게 살고 있었습니다. 조금 더 구체적으로 말하자면 작업실에서 작업하고, 밥을 먹고, 산책하고, 다시 작업하고, 술 한 잔 마시고, 또 작업하고. 특별함이라는 건 찾아보기 어려운 게 제가 살아가는 삶입니다.

그래서 글과 삶을 동떨어지게 두지 말자, 이 생각으로 글을 썼습니다. '너무 같은 이야기의 반복 같은데', 라는 생각이 들어도 결국 그게 삶이었습니다. 한 가지 조금 특별한 것이 있다면 일상을 다시 집중해서 바라보니 거창한 의미까지는 아니어도 다시 한번 생각하게 되는 것들이 존재했다는 것입니다.

앞으로도 꾸준히 글을 쓰려고 합니다. 소진하고 고갈되는 그런 과정의 반복에서 벗어나, 있는 그대로 펼쳐내서 느껴지는 그런 글을 적으려고 합니다.

이 책을 읽고 공감이 되신다면, '특별하지 않은 특별함'에 대해 충분히 사유할 수 있는 시간을 스스로에게 한 번 주는 건 어떨까 싶습니다. 그래서 여러분께 그 사유의 공간이 생긴다면, 저는 제 할 일을 다 했다고 생각합니다.